Maria Messina

DAS HAUS IN DER GASSE

Roman

Aus dem Italienischen
von Ute Lipka

Durchgesehen
und mit einem Nachwort bereichert
von Christiane Pöhlmann

Friedenauer Presse

I

NICOLINA saß auf dem Balkon und nähte. Rasch tat sie die letzten Stiche im schwindenden Licht der Abenddämmerung. Der Blick vom hohen Balkon war eingeengt, wie erdrückt zwischen dem zu dieser Stunde tief und düster wie ein leerer Brunnen wirkenden Gässchen und der weiten Fläche rötlicher und bemooster Dächer, auf denen ein niedriger, farbloser Himmel lastete. Nicolina nähte eilig, ohne aufzublicken. Sie spürte die Eintönigkeit der begrenzten Umgebung, als atme sie diese mit der Luft ein. Unwillkürlich musste sie an das Haus von Sant'Agata denken. Sie sah den kleinen Balkon mit dem verrosteten Eisengitter vor sich, davor die Weite der Felder und den freien Himmel, an dem die Wolken sich mit dem fernen, fernen Meer zu vermischen schienen.

Dies war für Nicolina der ruhigste, aber auch der melancholischste Augenblick des Tages. Alles war getan. Im Haus, in der Luft und im Gemüt entstand eine Ruhepause, eine betrübte Stille. Dann schien es so, als wären die Gedanken, die schmerzlichen Erinnerungen, die Hoffnungen, die einem in den Sinn kamen, in dasselbe ungewisse Licht getaucht, von dem auch der Himmel erhellt war. Und niemand unterbrach die vagen, im Leeren versickernden Selbstgespräche.

Antonietta saß im Zimmer an Alessios Bettchen. Er hatte seit sechs Tagen Fieber. Der Schwager blieb gewöhnlich am Tisch sitzen, wenn Nicolina abgedeckt hatte. Im Halbdunkel des Zimmers war die Glut der Pfeife zu sehen, ein kleiner roter Punkt. Nach dem Abendessen – sie aßen noch bei Tageslicht, um nicht mit vollem Magen ins Bett zu gehen – rauchte er ruhig und mit halb geschlossenen Augen eine Stunde lang, während das Uhrpendel an der Wand hin und her schwang.

Es wurde Nacht. Das letzte Licht schwand. Nicolina legte die Näharbeit wieder in den Korb und erhob sich ein wenig widerwillig. Sie musste das Glas Wasser vorbereiten, das der Schwager zwei Stunden nach dem Abendessen in kleinen Zügen zu trinken pflegte. Antonietta, die nur das kranke Kind im Sinn hatte, würde sich nicht darum kümmern.

Nicolina presste fast eine halbe Zitrone in das Wasser, achtete darauf, dass mit dem Saft kein Kern hineinfiel, goss nur so viel Wein hinzu, dass das Wasser sich leicht färbte, löste einen halben Teelöffel Zucker darin auf, schüttelte, rührte um und wartete, dass es sich setzte. Dann hielt sie das Glas gegen das Licht der Lampe, um sich zu vergewissern, dass das Getränk vollkommen klar war, genauso, wie es Antonietta immer zubereitete. Und schließlich trug sie das Glas behutsam auf einem Teller hinein.

Sie ging wieder auf den Balkon, aber der Schwager rief sogleich:

»Willst du auch noch krank werden? Es ist feucht draußen.«

Nicolina hätte gern erklärt, dass ihr die Luft ungewöhnlich milde vorkomme. Aber sie trat wieder ins Zimmer, ohne etwas zu erwidern.

»Mach die Tür zu.«

Seufzend schloss sie die Balkontür bis auf einen Spalt.

»Mach sie fest zu.«

Sie schloss auch die Fensterläden, geräuschlos.

Sie dachte an ihren Vater, der nie wollte, dass die Fenster fest geschlossen würden, und der zu sagen pflegte: »Der müde Wanderer, der nachts ins Dorf kommt, fasst Zuversicht, wenn er ein wenig Licht in den Häusern sieht …«

Sie setzte sich an den Tisch und nahm ihre Arbeit wieder auf, wobei sie sich bemühte, den Schwager mit ihren Handbewegungen beim Fädenziehen nicht zu stören. Carmelina, die ihre Spielsachen zur Tante hingeschleppt hatte, begann, eine Puppe aus zwei Stofflappen und einem Stück Bindfaden hin und her zu wiegen und dabei zu singen: »Schlaf … Schlaf …« Aber sie brach sogleich ab, blickte den Vater ein wenig ängstlich an und verstummte.

Da kam Antonietta, bleich und besorgt, und setzte sich zu ihnen.

»Gut, dass du an das Zitronenwasser gedacht hast«, flüsterte sie der Schwester ins Ohr.

»Du kamst ja nicht …«

»Weil du ja da warst. Da habe ich mir keine Sorgen gemacht.«

Und sie fügte halblaut hinzu, wobei sie die Kleine streichelte:

»Es ist Zeit, dass sie ins Bett kommt, oder was meinst du? Ich muss wieder zum Jungen.«

»Ich nähe das nur noch fertig. Dann kümmere ich mich um sie.«

Sie schwiegen. Meistens waren sie still, wenn sie arbeiteten und Don Lucio im Hause war, um ihn nicht zu verstimmen.

Antonietta, die eine quälende Unruhe verriet, unterbrach das lastende Schweigen zweimal durch tiefe Seufzer. Jedes Mal schaute Nicolina von der Arbeit auf und sah sie bekümmert an.

Don Lucio genoss das Rauchen mit beinahe wollüstiger Genugtuung. Mit halb geschlossenen Augen verfolgte er jede kleine Bewegung der Schwestern. Beide zeigten dieselbe Befangenheit in ihrer Art, sich auszudrücken, in ihren Bewegungen und Blicken, und dieselbe Unbeholfenheit, die von der ständigen unerklärlichen Furcht herrührten, ihn zu stören. Er empfand jedes Mal wieder eine tiefe Befriedigung, wenn er merkte, wie sehr er die beiden Frauen einschüchterte, vor allem Nicolina, die zu Anfang ungestüm und unangenehm lebhaft gewesen war.

Nicolina stand auf, und Carmelina folgte ihr, nachdem sie eilig die kalte harte Hand geküsst hatte, die der Vater ihr jeden Abend hinstreckte, ohne das Rauchen zu unterbrechen.

»Hol mir meine Papiere und die Brille.«

Antonietta brachte die mit Papieren vollgestopfte Aktentasche zum Tisch sowie das Kästchen mit den Federhaltern und das Tintenfass, die auf einem kleinen Regal am Balkon ihren Platz hatten. Selbstgefällig betrachtete Don Lucio seine Frau, während sie zweimal hin- und herlief. Er genoss die weichen Bewegungen ihrer breiten und vollen Hüften und war mit sich zufrieden, so wie jedes Mal, wenn er sich die Zeit gönnte und die teuren Möbel betrachtete, mit denen er das Haus ausgestattet hatte.

Nicolina kam herein und sagte:

»Ich bin bei Alessio gewesen. Er wimmert im Schlaf.«

Antonietta sah ihren Mann flehend an. Sie ging und kehrte sofort auf Zehenspitzen zurück.

»Lucio!«, rief sie schüchtern von der Tür her mit weinerlicher Stimme. »Ich glaube, es geht ihm schlechter!«

Er tat, als werde er wütend:

»Wollt ihr mich wieder ärgern?«, rief er. »Mir die wenigen Minuten vergällen, in denen ich mich ausruhen kann, nach einem anstrengenden Tag?«

Antonietta kehrte zerknirscht und betrübt ins Schlafzimmer zurück. Er glaubte ihr nie, wenn sie ihm ihre Ängste mitteilen wollte.

»Das ist meine Schuld«, gestand sie der Schwester, »ich habe nicht die richtige Art, die Dinge zu sagen ...«

»Soll ich mit ihm reden?«

»Nein, das nützt nichts. Heute Abend ist er schlecht gelaunt. Geh nur, Nicolina. Sonst sieht es so aus, als hätten wir hier Heimlichkeiten. Das darf nicht sein.«

Aber an diesem Abend war Don Lucio friedlich gestimmt. Er hatte mit gutem Appetit gegessen, verdaute mühelos und war zufrieden. Was ihn als

Einziges ein wenig störte, war, dass er seine Frau nebenan weinen hörte ...

Schließlich erhob er sich und ging ins Schlafzimmer. Nicolina, die sich wieder an ihre Arbeit gesetzt hatte, wurde vor Angst blass.

Seine Frau saß, ganz dem Schmerz hingegeben, im Halbdunkel am Bettchen und sah beinahe schön aus. Don Lucio wollte sie umarmen, und schon meinte er, ihren warmen, weichen Körper in seinen mageren Armen zu halten und zu spüren, wie er sich gefügig seiner Umarmung hingab.

Antonietta jedoch war in diesem Augenblick weit davon entfernt, an Hingabe zu denken. Ihre ganze Seele war von dem kranken Sohn in Anspruch genommen.

Don Lucio betrachtete das Bettchen mit einer Art Widerwillen. Seit dieser Junge auf der Welt war, hatte er ihm nur Ärger und den Frauen nur Sorgen bereitet.

»Du Dummchen!«, rief er mit ungewöhnlich milder Stimme aus. »Glaubst du wirklich, dein Sohn liegt im Sterben?«

Antonietta zuckte zusammen, als sie die Stimme ihres Mannes hörte. Aber dann, als sie ihn lächeln sah, wagte sie zu erklären:

»Auch das Wasser spuckt er wieder aus. Und dann ... fühl mal, wie heiß er ist ...«

»Da sieht man, dass du keine Erfahrung hast!«, erwiderte Don Lucio, ohne den kleinen Kranken anzusehen. »Wenn deine Mutter jetzt hier wäre, würde sie dir sagen, du bist ein Dummchen. Kinder sind doch wie Aprilwetter …«

Antonietta fasste wieder etwas Mut. Die Gegenwart ihres Mannes schüchterte sie zwar ein, bewirkte aber auch, dass ihr all ihre Ängste klein und unbegründet erschienen.

Dieser Trost aber dauerte nur so lange, wie sich Don Lucio in der Nähe aufhielt. Als sie in dem halbdunklen Zimmer wieder allein war, wurde sie aufs Neue von der Angst überwältigt. Das Kind schien zu schlafen. Sein feines Gesichtchen war wachsbleich und erschreckte sie. Voller Schmerz blickte sie ihn an, als hoffe sie, ihm so Lebenskraft einhauchen zu können.

»Alessio, mein Liebling … Alessiuccio …«, rief sie leise, um zu sehen, ob seine Augen sich öffneten. Aber dann dachte sie, dass die Ruhe ihm guttun würde, und betrachtete ihn schweigend. Ihre ganze Seele lag in dem starren, erschrockenen Blick, und sie vergaß ihren Mann, ihre Tochter, die vorgerückte Stunde. Und selbst wenn das Haus um sie herum einstürzte, sie würde ihren kleinen kranken Sohn weiter anschauen, ohne sich zu rühren. Niemand kümmerte sich um den Kleinen, der scheinbar eingeschlafen war, aber keine Ruhe fand und sich quälte. Ja, wahrhaftig, er hätte sterben können in der Stille ringsum, und ihr Mann hätte weiter Zahlen eingetragen in die Blätter mit den schönen roten und blauen Linien. Was aber würde er tun, was würde er sagen, wenn sie schreien und nach ihm rufen würde: Lucio! Alessio ist tot ...?

Hatte er Alessio eigentlich gern? Natürlich, er musste ihn gernhaben, denn er war der erstgeborene Sohn, der Stammhalter ... Natürlich ... Dennoch genügte dieser leichte Zweifel, der durch ihre Gedanken strich wie eine Fledermaus im nächtlichen Flug, um ihre Mutterliebe doppelt so stark werden zu lassen.

Seit seiner Geburt hatte Alessio immer Anlass zu Sorge und Angst gegeben ... So zart, so durchscheinend und still, wie er war, schien ihn auf Erden der Schatten des Todes zu begleiten ... Wer hatte nur diese düsteren Worte gesagt, die ihr gerade jetzt, wo er so krank war, wieder in den Ohren klangen? Sicherlich hatten sie ihrem Alessiuccio gegolten ... Sie hatte ihm mehr als einmal das Leben gegeben, und immer unter den gleichen Schmerzen. »Mein Gott! Mein Gott!«, stöhnte sie, »wird es mir gelingen, dass er bald so kräftig, so fröhlich und lebhaft ist wie andere Kinder?«

Ihr Mann kam mit einer Kerze in der Hand zurück.

»Hast du dich noch nicht hingelegt?«, stieß er hervor. »Ich bin so weit«, antwortete Antonietta, und sogleich bat sie: »Gib acht, dass ihm nicht das ganze Licht in die Augen kommt …«

Gehorsam kleidete sie sich aus und legte sich ins Bett. Aber sie versuchte, wach zu bleiben. Um Mitternacht stand sie auf, um Alessio etwas zu trinken zu bringen, danach noch zweimal, um Fieber zu messen.

»Mama!«, klagte der kranke Junge, als er sie sah. »Ist es noch nicht hell?«

Sie stand vorsichtig auf, ging barfuß, um ihren Mann nicht zu wecken. Don Lucio wachte trotzdem auf, und am Morgen sagte er:

»Solange es ihm nicht besser geht«, und er deutete auf das Bettchen, »schlafe ich nebenan. Ich kann die Nächte nicht so vergeuden.«

Antonietta senkte beschämt die Augen. Er hatte ja recht. Ein Mann, der mit dem Kopf arbeitet, braucht Rücksicht und kann nicht ohne Schlaf auskommen wie eine Frau.

Trotzdem konnte sie ihre Tränen nicht zurückhalten, als Don Lucio das Zimmer verließ, um Kaffee zu trinken. Sie spürte eine große Kälte, als bliebe sie für immer allein und verlassen in diesem Zimmer zurück, in diesem Halbdunkel und der von säuerlichem Fiebergeruch schweren Luft.

Nicolina rief nach ihr. Sie löste sich von dem Bettchen des kranken Kindes, um ihren Mann nicht noch mehr zu verärgern, indem sie ihn warten ließ.

Nicolina war sehr früh aufgestanden, hatte Kaffee gekocht und das große Zimmer ausgefegt und aufgeräumt, das vielleicht wegen der dunklen Tapete oder weil es zur Gasse hin lag, bis zum späten Morgen kein Licht bekam. Die Amtskleidung ihres Schwagers lag schon gebürstet und gefaltet auf dem Sofa bereit, und die blankgeputzten Schuhe standen auf dem Schemel, damit er sich nicht bücken musste, wenn er sie anzog. Aus der Küche drang ein starker und angenehmer Duft von frischem Kaffee.

Antonietta trank hastig ihren Kaffee und sagte zu ihrer Schwester, die mit einem schneeweißen Handtuch über dem Arm vorbeieilte:

»Ich gehe wieder zu Alessio, Nicoli' … Kümmerst du dich um das Frühstück?«

Nicolina antwortete nicht. Da sie wusste, dass ihre Schwester nicht in der Lage war, sich um den Haushalt zu kümmern, hatte sie schon am Abend zuvor an alles gedacht. Don Lucio wusch sich in der Küche. Er rieb sich die mageren, behaarten Arme und die rasierten Wangen mit parfümierter Seife ein und spülte sich dann ausgiebig ab. Nicolina wartete ergeben, bis er fertig war, und reichte ihm dann das Handtuch, wobei sie den unangenehmen Eindruck, den die nackten Männerarme in ihr hervorriefen, tapfer überwand. Danach brachte sie ihm die Zahnbürste. Schließlich erinnerte sie sich, dass er von Antonietta immer noch gekämmt wurde.

Don Lucio setzte sich vor den geschlossenen Balkon mit einem trockenen Handtuch um den Hals.

»Mal sehen, ob du es kannst.«

Nicolina spritzte Migone-Wasser auf die spärlichen Haarbüschel und massierte mit einem Schwämmchen leicht die Kopfhaut, bis sie rosig wurde. Dann nahm sie den Kamm.

»Geht es so?«

»Ja, ja.«

»Tue ich Ihnen weh?«

»Nein, mach weiter.«

Nicolina war geschickt. Sie hatte ihrer Schwester immer zugesehen, wenn diese zweimal am Tag ihren Mann kämmte, und dabei auch den kleinsten Handgriff erlernt. Sie bemühte sich, ebenso behutsam und in Ruhe zu kämmen, voller Furcht, der Schwager, der seinen kahlen rosigen Schädel ihren unerfahrenen Händen anvertraute, könne unzufrieden mit ihr sein.

»Ist es gut so?«

»Ja, ja.«

»Tue ich Ihnen weh?«

Don Lucio genoss dieses erste Vergnügen des Tages. Das langsame und gleichmäßige Massieren tat ihm wohl. Die Schultern bequem an den niedrigen Stuhlrücken gelehnt, die Augen halb geschlossen, überließ er sich ganz diesem kleinen wollüstigen Gefühl.

»Das reicht«, ordnete er nach einer Weile an.

Nicolina legte die Kämme und die kleine Wasserflasche beiseite und ging, um sich zu waschen. Dann eilte sie wie im Fluge in die oberen Zimmer: Carmelina war aufgewacht. Sie kleidete sie an und frisierte ihr die Haare. Danach räumte sie die beiden Zimmer auf, mit den ihr eigenen lebhaften Bewegungen, die Don Lucio so unangenehm fand. Sie ging wieder nach unten, und während sie das Frühstück zubereitete, gewann sie die notwendige Gesetztheit zurück, die sie zeigte, wenn sie ihren Schwager bediente.

Sie legte die Tischdecke auf, bestrich das Weißbrot, das extra für ihn aus Maiorca-Mehl gebacken wurde, mit Butter und goss die Milch ein, die nicht zu warm und nicht zu kalt sein durfte. Während er aß – ein Arzt hatte ihm empfohlen, jeden Bissen dreißigmal langsam zu kauen –, bediente ihn Nicolina ununterbrochen. Sie lief zwischen Küche und Zimmer hin und her, röstete auf dem Herd weitere Brotscheiben und hielt sich bereit, Butter aufzustreichen, Milch und Zucker zu reichen –

immer in der bohrenden Angst, der Schwager könne unzufrieden mit ihr sein. Ganz damit beschäftigt, ihn zu bedienen, dachte sie nicht an all das, was sie noch zu erledigen hatte, oder daran, das Frühstück für sich und Antonietta zuzubereiten. Aber sie als Frauen begnügten sich ja auch mit einem Stück Brot und etwas Ricotta, das sie im Stehen aßen. Verstohlen beobachtete sie ihren Schwager, in dem brennenden Wunsch, ein anerkennendes Wort zu hören. Aber Don Lucio blickte finster drein. Er schlurfte in seinen Pantoffeln mit langsamen Schritten ins Schlafzimmer.

Antonietta schaute unter Tränen zu ihm auf.

»Lucio!«, rief sie sanft. »Was hältst du davon?«

Don Lucio sah von der Seite nach dem kranken Kind, das ihn mit entzündeten und schreckgeweiteten Augen anstarrte.

»Er ist erkältet«, sagte er verärgert. »Siehst du nicht, dass ihm die Augen tränen? Sorg dafür, dass er ordentlich schwitzt.«

Und er entfernte sich, um sich anzukleiden. Er konnte den Anblick wimmernder Kranker und weinender Frauen nicht ertragen ... Was erwarteten sie denn von ihm? Warum belästigten und verfolgten sie ihn mit diesen bekümmerten, fast vorwurfsvollen Blicken? Er hatte doch die Gesundheit dieses Jungen nicht in der Hand! Er hatte gut gefrühstückt, und sie wollten es ihm verderben. So war das.

Ja, das Leben eines Jungen war doch nicht vergleichbar mit dem eines erwachsenen Mannes, der mitten im Erwerbsleben steht. So wie er, schließlich und endlich. Er hatte ein krankes Herz, starke Gefühle waren ihm verboten worden. Und diese Frauen ließen nicht davon ab, ihm das Leben mit den kleinen Ängsten und dummen Befürchtungen zu verbittern, über die sie sich den Kopf zerbrechen. Dabei: wenn er tot wäre, könnten sie betteln gehen!

Aber diese Gedanken waren ebenso lästig und unangebracht wie der Anblick des kranken Sohnes.

Man sollte nicht »daran« denken. Er betastete seine Beine und Arme und betrachtete sich lange im Spiegel, aus dem sein Bild wie aus grünlichem Wasser emportauchte. Er lebte, atmete, sah. Er holte tief Atem. Im Spiegel entdeckte er zwei neue weiße Haare. Er riss sie aus und warf sie voller Abscheu weg. Er war nicht mehr ganz jung. Vielleicht begann der Zerfall seines Körpers bereits, während ein anderes Wesen, dem er das Leben gegeben hatte, ihn überleben sollte. Jeder Tag, der verging, war ein Schritt, mit dem er sich dem Tod näherte und mit dem der andere auf die Zukunft zuging. Sie strebten zwei entgegengesetzten Zielen zu. So war es. So ist die Natur.

Als er sich zum Aufbruch bereit machte, fiel sein Blick unwillkürlich auf das Bettchen. Sogleich wandte er sich ab.

O ja, jener andere würde sicherlich genesen. Er hatte ein ganzes Leben vor sich, ein frisches, neues Leben …

Betrübt betrachtete Antonietta ihren Mann. Er schien immer abweisender zu werden.

Er hatte ja recht. Sie vernachlässigte ihn schon seit vielen Tagen, und Nicolina gelang es vielleicht nicht so gut, ihn zufriedenzustellen. Um ihn milder zu stimmen, bürstete sie sorgfältig seine Jacke und begleitete ihn bis in den Vorraum, wo Nicolina den hellen Staubmantel in die Höhe hielt, während sie auf ihn wartete. Don Lucio zog ihn wortlos an. An der Tür drehte er sich zögernd um und sagte schroff, ohne sich an eine der beiden zu wenden:

»Denk dran, mein Bett im kleinen Salon für mich fertig zu machen.«

Als die beiden Schwestern allein waren, empfanden sie, ohne es sich einzugestehen, eine Art Erleichterung. Es schien, als könnten sie in dem Haus, in dem weiträumigen Haus mit dem wenigen Licht freier atmen. Nicolina fragte:

»Wie geht es ihm?«

»Schlecht, mein Nicolinedda. Ich habe Angst, und am meisten macht mir Angst, dass ich nicht weiß, was er hat.«

Und da Nicolina noch mit den Augen weiterfragte, fügte sie hinzu:

»Er will nicht glauben, dass er so krank ist. Die Männer sind alle so … Er hat den Eindruck, ich übertreibe …«

»Wie Papa, die gute Seele, erinnerst du dich … Als Alfonso die Hirnhautentzündung hatte …«

»Papa war ein komischer Kauz. Und die Männer sind alle so. Ich weiß das, Nicolinedda, denn ich habe mehr Erfahrung als du.«

Nicolina seufzte tief. Ja, so musste es wohl sein.

Sie ging zu ihrem kleinen Neffen. Aber der ernste, kluge, hilfesuchende Blick des kranken Kindes wühlte sie völlig auf, und sie war mit einem Mal bestürzt und bedrückt. Auch sie spürte, dass sie in diesem Haus von hoffnungsloser Einsamkeit umgeben waren. Sie kannten niemanden, den sie um Trost oder Rat hätten bitten können: An ihre Tür klopften nur Unbekannte – Leute, die verschüchtert nach Don Lucio fragten und die Frauen feindselig musterten.

Sie verließ das Zimmer, um das Gefühl der Angst und Einsamkeit loszuwerden, und begann, im kleinen Salon ein Metallbett aufzustellen, während Carmelina, aus Freude über diese Abwechslung, um sie herumtänzelte.

Don Lucio sollte sich nicht notdürftig untergebracht fühlen. Deshalb nahm sie den orientalischen Teppich und die Bronzeuhr unter der zerbrechlichen Glasglocke und trug all die kleinen

Annehmlichkeiten, mit denen er sich gerne umgab, in den kleinen Salon. Das Kristallschälchen für die parfümierte Seife, den Schwamm, die Zahnbürste. Da war der hübsche längliche Handspiegel und das geheimnisvolle Ebenholzkästchen, das immer verschlossen auf der Kommode stand. Das lederfarbene Kästchen mit den Kämmen. Das Schächtelchen mit der Stahlfeile und der gebogenen Schere. Und schließlich das Etui mit dem Zubehör, um sich alle drei Tage zu Hause den Bart rasieren zu lassen ... Nicolina gab in einer Art Kult all diesen kleinen Gegenständen auf den Möbeln des Salons einen Platz, Dingen, die nutzlos oder doch wenigstens überflüssig schienen ... Mein Gott, wie einfach war ihr Vater gewesen! Und auch die Brüder ihrer Freundinnen früher ... Alle waren ganz anders als er!

Während sie die Fensterläden schloss, damit die Sonne nicht in den kleinen, völlig veränderten Salon drang, dachte sie, dass es ein armes Mädchen wie sie, das für harte Arbeit geschaffen war, nie wagen würde, in einem so reich ausgestatteten und schönen Zimmer zu schlafen.

Ganz klar ... dachte sie überzeugt. Er ist eben anders als alle anderen. Und als sie mit Antonietta allein zurückblieb, bereute sie, ihm nicht etwas mehr Vertrauen entgegengebracht zu haben. Wenn er nicht beunruhigt war, so war das doch ein Zeichen, dass Alessio nicht in Gefahr schwebte. Er wusste, was zu tun war. Er war sich seiner sicher und kannte das Leben, als lese er in einem offenen Buch.

Wieder empfand sie ein lebhaftes Gefühl der Dankbarkeit und Bewunderung, das den Abstand zwischen ihrer unbedeutenden Person und dem Schwager aufzuheben schien.

Er hätte ein reiches und gebildetes Mädchen aus der Stadt heiraten können. Stattdessen hatte er sich herabgelassen und die kleine Antonietta ausgesucht, die ihm als einzige Mitgift ihre Aussteuer mitgebracht hatte und als einzigen Schmuck ihre Hausfrauentugenden …

Wirklich, sagte sie zu sich selber und blieb wie entrückt im halbdunklen Zimmer stehen, Antonietta hat Glück gehabt.

Sobald die kleinen Spannungen überstanden waren, würde ihre Schwester wieder die Freude genießen, einem Mann anzugehören, der sie zu führen verstand, und ein großes Haus und zwei Kinder ihr eigen zu nennen …

Ja, sie hatte Glück gehabt. Es fehlte ihr fast nichts zum Glücklichsein.

Die Geschichte von Antoniettas Hochzeit war sehr einfach.

Don Lucio Carmine war seit einigen Jahren der Verwalter oder besser das Faktotum von Baron Rossi. In jedem Frühjahr kam er zum Eintreiben der Pacht nach Sant'Agata, wo der Baron Ländereien und Häuser besaß, und war dann Gast des Gemeindesekretärs Don Pasquale Restivo.

Der gute Don Pasquale brachte ihm eine tiefe Dankbarkeit entgegen und hätte sich für ihn die Hände abhacken lassen.

Der Grund war folgender: Der Sekretär hatte es sich in den Kopf gesetzt, ein Gewerbe zu betreiben, um den Töchtern eine Mitgift zu erarbeiten, und hatte ein Unternehmen gegründet. Aber es erging ihm wie einem, der sich in einem undichten Kahn auf hohe See wagt ... Sehr bald war das kleine Kapital aufgebraucht.

Als ihm, wie man so sagt, das Wasser bis zum Halse stand, erzählte ihm seine Frau von Don Lucio Carmine.

»Er ist nicht reich, aber er hat Einfluss. Und dass er das Vertrauen des Barons genießt, gibt uns die Garantie, dass er den Leuten nichts von unserer Notlage weitererzählt. Es heißt, er hätte dem Apotheker Geld geliehen, als er sich durch das Glücksspiel ruiniert hatte ...«

Vielleicht gab der armen Frau das ein Engel ein, vielleicht ein kleiner böser Geist. Aber wer unterscheidet schon das Gute vom Bösen, wenn er unter dem Zwang der Notwendigkeit steht?

Don Pasquale fuhr bis in die Stadt, um Don Lucio aufzusuchen, unterschrieb Wechsel, bürgte mit dem Häuschen und einem kleinen Stück Land, das ihm genug Korn für das ganze Jahr einbrachte. Don Lucio kehrte eigens mit einem Freund, einem Sachverständigen, nach Sant'Agata zurück, der das Haus und das Grundstück schätzte, und zahlte das Geld aus.

Ein wahrer Segen, in diesem Augenblick!

Die Zeit verging rasch. Don Pasquale, der nicht zum Unternehmer geschaffen war, richtete sich weiter zugrunde mit einer Fabrik, die von Gott verflucht zu sein schien. Und eines Abends, als er es am wenigsten erwartete, erhielt er eine Visitenkarte von Herrn *Lucio Maria Carmine, Sekretär des Baron Rossi usw., Vorsitzender der Gesellschaft der Kaufleute usw. usw., Mitglied der Liga für Waisenkinder usw. usw.*

Er war im Dorf und gab zu »bedenken«, dass die Wechsel fällig waren.

Don Pasquale lief wie ein Gehetzter zu dem kleinen Hotel, in dem Don Lucio wohnte. Dieser empfing ihn mit der üblichen Kälte.

»Wir werden sehen ...«, begnügte er sich zu antworten, ohne von seinen auf dem Bett verstreuten Papieren aufzublicken (damals trug er noch keine Brille). »Wir werden sehen ... Aber ich habe keinerlei Reserven mehr. Ich habe Opfer für Sie gebracht.«

»Sie haben ja recht!«, stöhnte der Sekretär. »Sie haben in jeder Hinsicht recht. Aber bedenken Sie doch, in welcher Lage ich als armer Familienvater bin! Sie sind jung und wissen noch nicht, was das bedeutet. Der gute Ruf der Restivo steht auf dem Spiel. So eine Schande! Ich kann mich nicht mehr sehen lassen, wenn uns das Haus weggenommen wird. Gewiss, wir haben es nicht rechtzeitig geschafft. Aber jetzt zahlen wir. Sie haben recht. Und Sie werden nichts verlieren. Sie haben es mit einem Ehrenmann zu tun. Bisher habe ich die Zinsen immer bezahlt ...«

»Wer redet denn von Zinsen? Oder halten Sie mich für einen, der solche Geschäfte treibt?«, unterbrach ihn Don Lucio, indem er die Stimme hob und das Kinn vorstreckte. »Das hat man davon, wenn man den Leuten einen Gefallen tut!«

»Ich wollte Sie nicht kränken!«, erklärte der Sekretär und seufzte tief. »Ich schlage Ihnen doch nichts vor, was gegen das Recht wäre!«

»Wir werden sehen ...«, wiederholte Don Lucio, der mit seiner hageren Gestalt, dem finsteren Gesicht und mit einer angegrauten Haarsträhne an der Schläfe älter aussah, als er in Wirklichkeit war. »Ich bin ja nicht herzlos. Ich tue keiner Fliege etwas zuleide und mein Gewissen ist rein wie das eines Säuglings. Aber verstehen Sie auch mich! Ich habe allzu lange gewartet, und jetzt bin ich ohne Reserven ...«

Er hatte Gefallen daran, von einem schon älteren Mann gebeten und angefleht zu werden, der im Dorf von allen geachtet wurde und jetzt die zitternden Hände ausstreckte, als wollte er eine Gefahr abwehren.

»Wir werden sehen …« Sonst sagte er nichts, sah verstimmt aus und tat so, als suche er weiterhin zwischen seinen Papieren. Am Ende fügte er hinzu: »Ich werde Ihnen eine Antwort zukommen lassen.«

Der Sekretär ging völlig niedergeschlagen davon.

Jeden Abend, wenn er nach Hause kam, fragte er:

»Ist er gekommen? Hat er geschrieben?«

»Er ist nicht gekommen. Er hat auch nicht geschrieben …«, antwortete seine Frau. »Aber mach dir keine Sorgen. Es bleibt doch unter Freunden und Verwandten …«

»Von wegen! Freunde und Verwandte!«, rief der Sekretär verzweifelt. »Vor aller Welt meine Angelegenheiten ausbreiten! Weißt du nicht, dass Arme und Kranke aus der Verwandtschaft ausgestoßen werden?«

»Dann bliebe nur noch Meister Don Biasi …«

»Meister Don Biasi?! In den Klauen eines Wucherers enden? Der nimmt einem doch alles weg!«

So ging es eine ganze Woche lang. Eine Woche, die ihnen vorkam wie die Karwoche. Selbst die

Kinder dachten an die Wechsel und sprachen davon mit gedämpfter Stimme, wenn der Vater nicht da war.

Endlich ließ sich Don Lucio Carmine blicken. Er erneuerte die Wechsel langfristig und übernahm sogar die im Bau befindliche Fabrik – ebenjene Fabrik, die wie ein Brunnenloch alles Geld geschluckt hatte. Man musste sich damit abfinden. Was geschehen war, war geschehen. Jetzt ging es nur darum, zu zahlen und nie wieder an Spekulationen zu denken.

Don Pasquale Restivo lebte von Neuem auf. Am meisten tröstete ihn, dass ihm inmitten des Ruins das Land geblieben war.

»Aber die Gefahr bleibt bestehen …«, sagte seine Frau. »Das Land ist ja als Sicherheit da. Und wenn …«

Der Sekretär runzelte die Stirn. Doch sogleich wurde er wieder munter. Unsinn. Die Schulden würden sie schon bezahlen, auch wenn sie trocken Brot essen müssten.

»Noch ein Jahr«, so schloss er, »und wir werden ihn zum Essen einladen. Er ist ein Ehrenmann.«

Er sprach voller Respekt von ihm, als sei er der Bürgermeister.

»Ein wahrer Ehrenmann! Ein anderer an seiner Stelle hätte mich ruiniert. Natürlich … ich werde dabei ein paar Federn lassen müssen …

Aber das macht nichts. Das Land und das Haus gehören uns. Beides lasse ich mir nicht nehmen.«

Die Kinderschar hörte ihm mit offenem Mund zu. Sie hatten ein wenig Angst vor dem hochgewachsenen, finster dreinblickenden Mann, der wie der liebe Gott ihr Schicksal in Händen hielt.

Damals war Caterina, die älteste, etwa zwanzig Jahre alt. Antonietta, Nicolina und die Brüder waren alle jünger.

Im Jahr darauf wurde Don Lucio während seines Aufenthalts in Sant'Agata jeden Tag zum Mittagessen eingeladen.

Und diese Einladung zum Mittagessen wurde zur Gewohnheit. Sobald sie erfuhren, dass Don Lucio Carmine eingetroffen war, machten sich Donna Amalia und die Töchter zu schaffen, als wäre Ostern. Sie veranstalteten ein Großreinemachen im ganzen Haus, putzten sogar die Fenster und die kupfernen Türgriffe und holten das rot und weiß bestickte Leinentischtuch aus der Truhe, um den Gast aus der Stadt würdig zu empfangen. Für die Kinder des Sekretärs war seine Ankunft immer eine freudige Angelegenheit, denn dann gab es ein reichlicheres Mittagessen und viele kleine neue Dinge.

Nur Antonietta empfand weiterhin ein unbestimmtes Angstgefühl. Dieser junge Mann, der vor der Zeit zu altern schien, der bei Tisch so beklemmend langsam kaute, der wenig sprach und nie lachte, flößte ihr eine Scheu ein, die ihr in einer Weise den Atem benahm, als würde in dem lichtdurchfluteten Esszimmer plötzlich die Luft knapp. Mit der Zeit wurde diese Angst fast angenehm und anziehend. Sie wusste nicht, warum, aber sie erwartete Don Lucios Besuche mit einer gewissen Ungeduld. Vielleicht deshalb, weil sie die einzige Abwechslung darstellten, welche die Eintönigkeit ihres häuslichen Lebens unterbrachen.

Er traf regelmäßig jedes Frühjahr in Begleitung seines Freundes ein, des Sachverständigen, der Hab und Gut der Restivo geschätzt hatte. Er kam nicht mehr nur im Auftrag des Barons, sondern auch, um eigene Interessen wahrzunehmen und die Fabrik zu besichtigen, die unter seinen Augen in die Höhe wuchs und die er, sobald der Bau fertig sein würde, weiterverkaufen wollte.

Antonietta arbeitete in dem kleinen Gemüsegarten hinter dem Mäuerchen, das im Sommer vor Wärme duftete, und dachte dabei an Don Lucio. Sie versuchte, sich das Haus vorzustellen, in dem er ganz allein wohnte ... Aber gleich lachte sie innerlich über sich selber, denn es kam ihr dumm vor, sich so mit einem Menschen zu beschäftigen, der sie vielleicht nicht einmal wahrgenommen hatte. Der verschlossene, wortkarge Gast, der einmal im Jahr kam, hatte sie nie offen angeschaut, nie das

Wort an sie gerichtet. Für ihn war sie nur eine der Töchter seines Schuldners für ihn … Vielleicht war er schon mit einer reichen und stolzen Signorina aus der Stadt verlobt.

Die bescheidene Antonietta täuschte sich. Don Lucio hatte sie bei seinen kurzen, weit auseinanderliegenden Besuchen genau beobachtet. Seit drei Jahren nahm er gerne die Einladungen zum Essen an, weil er sich mit der wenig empfehlenswerten Kost des Gasthofs nicht den Magen verderben und weil er die zweite Tochter des Sekretärs genauer kennenlernen wollte. Nicolina war zu jung. Caterina war verschlossen und hochmütig, und ihre brüske Art und ihr Blick ließen befürchten, dass sie zu selbstsicher war und nur darauf wartete, selber zu kommandieren.

Antonietta aber gefiel ihm. Sie war nicht schön, aber auch nicht hässlich und hatte sanfte, kastanienbraune Augen. Das dunkle Kleid schmiegte sich an einen schon entwickelten und wohlgeformten Körper. Ihre großen rauen Hände, ihre kräftigen Handgelenke zeugten davon, dass sie mit den niedrigen, aber notwendigen Hausarbeiten vertraut war. Sie gefiel ihm. Sie war für ihn das Inbild einer Frau. Er erinnerte sich vage an seine Schwestern. Er konnte die koketten Stadtmädchen, die Jungenschulen besuchten, nicht ausstehen. Schon seit geraumer Zeit dachte er daran, sich eine Frau zu suchen. Und jetzt hatte er ein Mädchen gefunden, das wie für ihn geschaffen war. Aber erst musste er sich an den Gedanken gewöhnen, mit Antonietta zu leben, und sich vor allem vergewissern, dass sie wirklich ein fügsames, sanftes Wesen hatte, das formbar war wie frischer Lehm.

Noch etwas anderes war notwendig. Er musste ausharren, bis Don Pasquale Restivo alle Rückzahlungen an ihn geleistet hatte – in kurzer Zeit waren die Zinsen höher als das Kapital –, denn Geschäfte und Gefühle vertragen sich nicht.

Als der Augenblick gekommen zu sein schien, entschied er sich. Und um nicht die Anstrengung einer außerplanmäßigen Reise auf sich nehmen zu müssen, wartete er, bis er im Auftrag des Barons nach Sant'Agata musste. Im Übrigen hatte er es gar nicht eilig, Antonietta in das weiträumige Haus zu führen, das er allein bewohnte und in das er hin und wieder eine ihm ergebene Geliebte mitnahm.

Es war das fünfte Jahr, dass der Sekretär ihn mit unveränderter Herzlichkeit einlud.

Don Lucio sprach mit würdigem Ernst von dem Mädchen und schüttelte hin und wieder mechanisch, aus seiner angeborenen Liebe zu Sauberkeit und Ordnung, die Hirsekörner ab, die ihm die Kanarienvögel aus dem Käfig auf die Knie spritzten. Der Sekretär war entzückt von der feinfühligen und edelmütigen Art dieses jungen Mannes, der mit einem reinen Gefühl in seinem Haus ein und aus gegangen war, ohne Antoniettas Seelenfrieden zu stören oder die Tatsache auszunutzen, dass sie seine Schuldner waren …

Antonietta wurde sofort herbeigerufen. Sie war gerade im Gemüsegarten und enthülste einen ganzen Korb Erbsen, wobei sie, begleitet von Nicolina, sang. Die hellen frischen Stimmen der beiden Schwestern drangen ins Esszimmer.

Auf der Treppe fasste die Mutter sie bei der Hand und flüsterte ihr zu:

»Liebes Kind, Don Lucio Carmine ist gekommen und hält um deine Hand an.«

Antonietta wurde weiß und wäre am liebsten vor Aufregung geflohen. Die Mutter aber zog sie sanft mit sich ins Esszimmer. Don Lucio stand mit dem Rücken zur Tür und verdeckte mit seiner großen Gestalt das ganze Fenster. Der Sekretär zeigte ihm gerade einige Ländereien in der Ferne, die früher der Familie Restivo gehört hatten. Sie wandten sich um. Antonietta blieb mit wachsbleichem Gesicht auf der Türschwelle stehen und blickte von einem zum anderen, als suche sie Hilfe, da Verwirrung sie zu ersticken drohte.

»Du bist ein kleines Dummchen …«, bemerkte die Mutter lächelnd. »Was soll denn Don Lucio von dir denken?«

Alle waren verlegen. Da sagte Don Lucio:

»Ich möchte, dass die Antwort von Donna Antonietta wohlüberlegt ist.«

Damit ging er hinaus. Auch darin ganz ein Ehrenmann.

Aber Antoniettas Bestürzung wurde so groß, als hätte man sie auf einer menschenleeren Straße allein gelassen. Wenn der Gast ihr wenigstens kurz in die Augen geschaut, wenn er ihr ein gutes Wort gesagt hätte – ihr Herz hätte sich der Liebe freudig wie eine Knospe geöffnet, die unter der Berührung der Sonne aufblüht.

Was war das nur für ein großer Schmerz, der sie bedrückte? Sie begann, still vor sich hin zu weinen, und hielt sich die Schürze vor das Gesicht. Ein Kanarienvogel hüpfte weiter im Käfig hin und her, und ein paar Hirsekörner fingen sich in ihren glänzenden schwarzen Haaren.

»Es tut ihr gut, sich auszuweinen«, sagte der Sekretär. »Alle Mädchen tun das. Weißt du noch, Amalia? ...«

Und Donna Amalia und Don Pasquale wiegten die Köpfe und lächelten sich liebevoll zu wie zwei große Kinder in der Erinnerung an die weit zurückliegenden Tage, als sie jung und glücklich waren und sich liebten. Schöne Tage! Damals weinte auch Donna Amalia, während die anderen lächelten. Und dann hatten sie sich das Porträtfoto machen lassen (das jetzt vergilbt im kleinen Salon hing): sie sitzend, er stehend, mit der Hand auf der Sessellehne, beide kerzengerade und steif, damit die Aufnahme gut gelinge, während das Herz wie wild schlug… Schöne Tage! Alles war so sacht verschwunden wie die Sommersonne, die vor ihrem Untergang ja auch noch kurz über dem Meer verweilt.

Und diese schöne, längst vergangene Geschichte glaubten sie nun mit ihren Kindern neu zu erleben.

Nicolina, die heraufkam, sah, dass Antonietta gerötete Augen hatte. Auch sie wurde blass, denn sie liebte ihre Schwester sehr.

»Es ist nichts«, erklärte die Mutter mit leicht zitternder Stimme. »Don Lucio Carmine war da und hat um ihre Hand angehalten.«

Auch Nicolina fragte nicht, ob Antonietta den Antrag annahm. Sie begann fröhlich zu lachen, und als erzähle sie einem Kind ein altes Märchen, wiederholte sie in einer Art Singsang:

»Und da kam Ritter Blaubart! Gebt ihr mir die liebste von euren Schwestern?«

»Hör doch auf!«, rief Caterina, die noch kein Wort gesagt hatte. »Immer machst du deine Späße, wenn's nicht angebracht ist. Was gibt es denn da zu lachen? Hilf mir beim Tischdecken.«

Caterina empfand große Trauer darüber, dass ihre Schwester heiraten sollte. War das Leben denn nicht schön und angenehm, wenn sie alle vereint blieben wie die Beeren einer Traube?

Jetzt sollte eine von ihnen dieses ruhige Haus verlassen und einem fremden Mann folgen. Gefällt er dir überhaupt?, hätte sie gern gefragt. Willst du ihn wirklich heiraten?

Aber sie sagte nichts. Sie durfte sich nicht mit ihren Worten zwischen die Schwester und das Schicksal stellen.

Vielleicht vermied es jeder aus demselben Grund, von der »Neuigkeit« zu reden.

Und der Vormittag verging wie alle anderen, abgesehen von den umfangreicheren Vorbereitungen für das Mittagessen mit dem Gast.

Und am Abend schenkte Don Lucio Carmine Antonietta beim Essen einen Ring, der außerordentlich schön und wertvoll aussah, ohne sie nach der wohlüberlegten Antwort zu fragen. Und nach seiner Abreise gingen die Dinge wieder ihren alten Gang.

Die Aussteuer der künftigen Braut erregte große Aufmerksamkeit, und die Freundinnen kamen zu Besuch, um zu gratulieren und zu gucken. Alle beneideten Antonietta. Viele fanden bösartigen Gefallen daran zu flüstern, dies sei eine arrangierte Hochzeit, und der Sekretär habe seine Tochter einem Fremden aus Dankbarkeit wegen einer Geldangelegenheit anvertraut, ohne sich zu erkundigen, wer er war …

Eine Zeit lang redeten sie von nichts anderem, dann redeten sie nicht mehr davon – so wie es mit allem Neuen und Aufsehenerregenden nun einmal geht.

Antonietta konnte die Scheu nicht überwinden, die Don Lucio ihr einflößte. Er kam im Laufe des Jahres noch zwei- bis dreimal, um »vertraut zu werden« und um Ratschläge für die Aussteuer zu erteilen. Er achtete darauf, dass keine unnötigen und unvernünftigen Ausgaben gemacht wurden. Antonietta aber wurde nie »vertraut«. Sie gewann immer mehr den Eindruck, ein armes Wesen zu sein, unfähig, je die Kluft zwischen sich und diesem weisen, wortkargen Mann zu überwinden und sich liebenswürdig zu zeigen. Warum musste er gerade mich wählen, fragte sie sich erschrocken. Und es schien ihr, als schleppe sie ein unerträgliches Gewicht mit sich herum.

Am Vorabend der Hochzeit wagte sie es, den Verlobten um einen großen Gefallen zu bitten, »eine Gnade«, wie sie es ausdrückte.

Sie wollte Nicolina wenigstens in den ersten Tagen ins neue Haus mitnehmen, um nicht allein zu sein.

»Sie ist noch ein Kind, sozusagen. Sie wird nicht stören.«

Natürlich, wie sollte sie auch stören? Don Lucio hatte sich daran gewöhnt, Nicolina als fröhliche, unerlässliche Zeugin bei den kurzen Gesprächen mit seiner Verlobten an Antoniettas Seite zu sehen, und war sogleich einverstanden.

So packte Nicolina ihre Sachen in einen Kasten (einen von diesen grünen, die voller Süßigkeiten aus Palermo eintrafen): Das war ihr Reisetornister, dazu hatte sie noch einen eigenen Staubmantel. Sie war glücklich, in eine Stadt reisen zu dürfen, und zeigte ihr Glück mit solcher Lebhaftigkeit, dass man meinen konnte, sie sei die Braut.

»Braut ohne Ring und ohne Bräutigam …«, sagte sie lachend zu ihren Freundinnen.

Als sie hinter dem Gepäckträger, der ihren grünen Tornister über der Schulter trug, die Treppe hinunterstieg, bebte sie vor Ungeduld wie ein Vogel vor seinem ersten Flug. Sie verließ das Haus und die Mutter ohne den geringsten Anflug von Bedauern. Ihre überschäumende Jugend dürstete nach Neuem. Außerdem wusste sie ja, dass sie bald zurückkehren würde.

Es war beschlossen worden, dass sie nicht länger als einen oder anderthalb Monate bei der Schwester bleiben sollte. Aber dann wollte Antonietta die Abreise aufschieben, und ihr Mann erklärte sich einverstanden.

Antonietta konnte sich einfach nicht an den Gedanken gewöhnen, die kleine Schwester gehen zu lassen und allein zu bleiben. In Gegenwart ihres Mannes wagte sie nicht, Wünsche oder Hoffnungen zu haben. Sie war ein armes, willenloses Wesen. Wenn es ihrem Mann eingefallen wäre, ihr zu befehlen: »Spring aus dem Fenster!«, sie hätte sich kopfüber hinausgestürzt. Sagte er zu ihr: »Ich habe zu tun«, ging sie auf Zehenspitzen, verständigte sich mit Nicolina durch Zeichen und zog sich sogar aus den Zimmern zurück, aus denen irgendein störendes Geräusch an die Ohren ihres Mannes hätte dringen können. Rief er sie, lief sie sofort zu ihm. Und wenn er es wollte, sank sie ihm gehorsam und willenlos an die Brust.

Sie war nicht glücklich. In ihrem Herzen war eine Kälte, die ihr die Freude verbot. Wenn sie einen Augenblick in den großen, stillen unteren Zimmern allein blieb, fühlte sie sich unruhig und verloren und lief, um Nicolina zu suchen. Mit Schrecken dachte sie an den Tag, an dem Nicolina sie für immer verlassen würde.

Sie saßen beide mit einer Arbeit auf dem Balkon, der zur Gasse hinausging, und schwatzten wie zwei gute Freundinnen. Sie sprachen wenig über die Gegenwart – und wenn, vermieden sie es, Don Lucio zu erwähnen – und viel über die Vergangenheit. Von der einförmigen Vergangenheit, die jetzt in der Erinnerung Schönheiten barg, die sie »früher« nie gesehen, nie erkannt hatten. Sie sprachen davon wie von einem für immer verlorenen Gut. Und doch klagten sie nie. Die Traurigkeit, die wie ein Schatten auf ihren jungen Herzen lag, hatte keine bestimmte Ursache. Sie war in der Luft, die sie atmeten, sie durchdrang das weiträumige, abgeschottete Haus, in dem jedes Geräusch einen dumpfen Widerhall fand, sie stieg aus der tiefen dunklen Gasse herauf, in der manchmal eine arme unglückliche Kreatur, die Rote, zu sehen war, die auf den ausgetretenen Stufen vor ihrem Haus hockte. Der erste Stock mit den beiden großen schmiedeeisernen Balkons, deren Türen immer geschlossen waren, wirkte unbewohnt. Manchmal konnte man eine blasse, schwarz gekleidete Frau sehen. Sie trat heraus, um eine kümmerliche, vergilbte Geranie zu begießen. Es war eine noch junge Witwe, die mit ihrem gelähmten Vater zusammenlebte.

Don Lucio hatte verkündet:

»Häuser wie dieses finden sich sonst kaum in der Stadt. Am besten bleibt die Tür zu, und wir haben mit den Nachbarn nichts zu tun.«

Die Stadt, die sie nur flüchtig angeschaut hatten, hinterließ einen verwirrenden und unangenehmen Eindruck. Diese Stadt (mit den überfüllten Straßen, in denen wir uns ganz nah an Don Lucio halten, um uns nicht zu verirren, und mit all den Leuten, die wir vielleicht nie kennenlernen und die nie ein heiteres Lächeln zeigen …), diese Stadt blieb fern, unbekannt, beinahe beängstigend.

Sie sprachen immer von der Abreise Nicolinas, die allmählich ihre schöne gesunde Hautfarbe verlor. Aber Antonietta gelang es nicht, sich von ihr zu lösen.

Als das Telegramm ankam, das den plötzlichen Tod des Sekretärs mitteilte, konnte von Nicolinas Abreise keine Rede mehr sein. Don Lucio erlaubte ihnen, dass sie die Mutter besuchten. Und bei der Rückreise folgte Nicolina der verheirateten Schwester, als wäre es eine beschlossene Sache. Diesmal weinte sie bitterlich, weil sie wusste, dass sie nicht in das düstere Haus in der Gasse zurückkehrte, um ihrer Schwester eine Freude zu bereiten, sondern um die großzügige Gastfreundschaft ihres Schwagers in Anspruch zu nehmen.

Im Haus in Sant'Agata, das sich mit seiner roten Farbe von den beiden biegsamen Pappeln davor abhob, schloss man die Fenster. Die Witwe beschränkte ihre Wohnung auf zwei Zimmer und hängte ein Schild über die Pforte mit der Aufschrift: Kleine Wohnung mit Küche zu vermieten. Die Idee zu diesem Schild kam von Don Lucio, der das von der Stadt her kannte. Doch im Grunde war es überflüssig, da ja alle wussten, dass für die Wohnung in dem Haus Miete gezahlt werden musste. Einige Möbelstücke wurden auf den Dachboden gebracht, andere ließ man hier und da in den sonst leergeräumten Zimmern stehen. Die Familie fiel auseinander und verteilte sich. Ein Onkel von San Fratello nahm Alfonso zu sich. Der Großvater väterlicherseits kümmerte sich um Antonio …

Caterina sagte:

»Antoniettas Weggehen hat uns Unglück gebracht. So ist es, wenn der erste Stein aus der Mauer bricht … dann zerfällt sie bald ganz und stürzt ein.«

Don Lucio versicherte, dass er für die Zukunft der Waise, also für Nicolina, sorgen und auch die Witwe nicht vergessen werde. Er wurde im Dorf bewundert und bedauert. Ob absichtlich oder nicht, er hatte eine schlechte Partie gemacht! Jetzt hatte er eine ganze Familie am Hals! Als er – ein hagerer Mann in einen Umhang gehüllt – zur Abreise aus dem Haus kam, die beiden schwarz gekleideten Frauen vorweg, die sich schluchzend nach dem Schild *Wohnung zu vermieten* an der Pforte umblickten, traten viele Leute auf ihn zu und drückten ihm die Hand.

Als sich die beiden Schwestern wie nach einem Alptraum im Haus in der Gasse wiederfanden, schlossen sie sich noch enger aneinander an. Ihre Dankbarkeit für Don Lucio war grenzenlos. Wenn sie an die arme verstreute Familie dachten, wurde ihnen bewusst, was es hieß, ein großes komfortables Haus und eine volle Speisekammer zu haben und vor allem sich auf einen Mann verlassen zu können, der für die Gegenwart und die Zukunft sorgte. Er war nicht nur Antoniettas Ehemann, sondern auch eine Art Wohltäter. In der tiefen Erschütterung, die dieses jüngste Unglück ausgelöst hatte, wollten sie ihn irgendwie belohnen.

Nicolina bat darum, die Bedienstete zu entlassen, jene Alte, die das Gröbste erledigte und sich um die große Wäsche kümmerte. Sie schämte sich, dem Schwager eine Last zu sein. Und da Antonietta in dieser Zeit zum ersten Mal schwanger war und der rücksichtsvollen Schonung bedurfte, nahm sie die ganze Last des Haushalts auf sich.

Seit der Geburt von Alessio, einem zarten, kränklichen Kind, das von dem Schmerz der Trauermonate und von der auf dem Hause lastenden Traurigkeit gezeichnet schien, hatte Nicolina keinen Augenblick Ruhe mehr.

»Nicolina, das warme Wasser!«

»Nicolina, jeden Augenblick muss Don Lucio zurückkommen, und das Essen ist noch nicht fertig!«, rief Antonietta.

Und Don Lucio kommandierte:

»Antonietta, sag Nicolina, sie soll mir die Pfeife stopfen. Sag Nicolina, sie soll mir die geputzten Schuhe bringen.«

Und Nicolina, immer bereit, rannte los, überschlug sich, um alles zu erledigen und alle zufriedenzustellen. Sie war mager, aber kräftig, schien geradezu aus feinem Stahl geschaffen zu sein. Wenn Antonietta das Kind stillte oder trockenlegte, bat sie oft:

»Lauf und sieh, ob Lucio mich braucht!«

Zu Anfang war es Don Lucio lästig, ständig seine Schwägerin um sich zu haben, und er brummelte etwas von dem Wurm, das ihm die Fürsorge seiner Frau raube. Ihre jungen blitzenden Augen, ihre lebhaften Bewegungen flößten ihm nicht gerade Vertrauen ein.

Aber nach und nach gewöhnte er sich an sie, auch weil das Mädchen sich in seiner Gegenwart veränderte und ebenso ernst und schweigsam wie Antonietta wurde, wenn es ihn bediente.

Und mit der Zeit stellte er Berechnungen an und war hochzufrieden, den Großzügigen gespielt zu haben. Nicolina übertraf jede Bedienstete, denn die musste man entlohnen, während Nicolina nur ein wenig Essen und Kleidung kostete …

Zum Glück brauchte sie ebenso wie Antonietta nur wenig Kleidung und kaum Schuhe. Sie waren höchstens drei- oder viermal ausgegangen, und nach dem Tod des Vaters blieben sie, weil es Brauch war, zu Hause. Die Trauer, die man jahrelang trägt, hat etwas Kostensparendes … Und dann die Pflege des nächsten Kindes … Antonietta hatte wieder die gleichen Beschwerden wie vor Alessios Geburt …

Nun ja, das war eben das Leben aller Ehefrauen.

Deshalb war nie die Rede davon, einmal nach draußen zu gehen und etwas frische Luft zu schnappen. Und Don Lucio seinerseits hütete sich wohl, einen solchen Wunsch aufkommen zu lassen. Zu viele Umstände ... Zu viele Umstände ... Man hätte ein Dienstmädchen gebraucht, um das Kind zu tragen, das noch nicht laufen konnte, einen schwarzen Umhang für Antonietta, die sich in ihrem Zustand nicht in der Öffentlichkeit zeigen konnte ... Nichts als unvernünftige, unnütze Ausgaben! Obendrein hätte er seine bequemen Gewohnheiten ändern müssen. Schluss mit dem Rauchen nach dem Essen, Schluss mit dem Zitronenwasser, das in aller Ruhe zu schlürfen war ... Alles, bloß das nicht. Besser war es, wenn das Leben wie ein Uhrwerk ablief und die Frauen ihre Aufgaben hatten. Außerdem – beruhigte er sich selber, um jeden Zweifel auszuräumen – geht es ja auch den Nonnen in ihren Klöstern sehr gut, und sie leben lange. Diese Frauen verschwenden keine Energie.

Wenn er nach dem Essen beim Pfeiferauchen schläfrig über diese Dinge nachgegrübelt hatte, reckte er oft kurz die Arme und sagte:

»Ja! Das Glück liegt in der Gewohnheit!«

Und er blickte zu den beiden Schwestern hin, die gedankenversunken im Lampenlicht nähten (Don Lucio verwendete eine Öllampe, weil Petroleum und Gas die Augen reizen), um ihre Zustimmung zu erhalten.

Sie pflichteten ihm mit einem Kopfnicken bei, denn was er sagte, musste richtig und wahr sein. Die Bemerkung aber hatten sie gar nicht gehört.

Sie waren den ganzen Abend über still gewesen, in Gedanken bei dem kleinen roten Haus mit dem Schild: Zu vermieten! und bei der kleinen Familie, die überallhin verstreut war.

Alessios Zustand verschlimmerte sich. Das Gefühl, für das Leben des kranken Kindes verantwortlich zu sein, verwirrte Don Lucio.

»Wir brauchen einen Arzt ...«, sagte Antonietta schüchtern.

»Ja, einen Arzt ...«, bestätigte Nicolina leise.

Allein schon der Gedanke, dass ein fremder Mann in sein Haus kommen und das Vertrauen und die Dankbarkeit seiner Frau erwerben könnte, erregte sein tiefes Unbehagen.

Aber dem Jungen ging es immer schlechter. Und weil er die Tränen der Frauen nicht mehr aushielt, die ihm mangelndes Interesse vorzuwerfen schienen, ging Don Lucio eines Abends höchstpersönlich in die nächste Apotheke, um irgendeinen Arzt herbeizuholen.

Während Mutter und Tante mit Tränen in den Augen bangend dastanden und jede Bewegung des

Arztes aufmerksam verfolgten, der den Kranken schweigend betrachtete, wartete er mit ihnen, wobei er den beinahe stolzen Ausdruck eines Mannes zeigte, der in Erfüllung seiner Pflicht ein Opfer gebracht hatte. Er schien zu sagen: »Ich habe alles getan, was in meiner Macht stand.« Er hatte in der Tat ein ruhiges Gewissen. Jetzt konnte Alessio sogar sterben, wenn das Schicksal es so wollte – die beiden Frauen würden kein Recht haben, ihm die Schuld daran zu geben.

Es war Typhus. Fünfzig Tage lang verließ Antonietta das Zimmer nicht. Sie schlürfte manchmal ein Ei, manchmal eine Tasse Brühe, um sich auf den Beinen zu halten. Sie interessierte sich für nichts und niemanden. Ihre Welt war ihr kleiner Alessio, waren die tausend Bedürfnisse des kranken Kindes, die lange Bettlägerigkeit, die stets nur flüchtige Besserung.

Don Lucio, der große Angst vor Ansteckung hatte, schlief und aß weiterhin allein.

Nicolina hatte in dieser Zeit die ganze Last des Haushalts zu tragen. Vom Aufstehen – und sie stand noch vor Tagesanbruch auf – bis spät in die Nacht gönnte sie sich keinen Augenblick Ruhe. Sie besorgte die schweren wie die leichten Arbeiten, sie bügelte, kochte und kümmerte sich um alles. Ihre ganze Sorge galt dem Schwager, der die Folgen dieser vermaledeiten Krankheit nicht zu spüren bekommen sollte. Auch wenn ihr die Beine vor Müdigkeit zitterten, stand sie während der Mahlzeiten bereit, um den Teller zu wechseln und ihn auf dem Herd zu erwärmen, damit das Essen – er wollte sehen, wie es dampfte – schön warm blieb, um ihm zu trinken einzuschenken und das Obst für ihn zu schälen. Das war die heikelste Aufgabe: Antonietta war es nie gelungen, bei einer Apfelsine die Früchte aus ihrer Schale zu lösen und sie anschließend mit einem kleinen Messer von den feinen Häutchen und den Fäden zu befreien, ohne sie anzuritzen! Die Birnen und Äpfel wurden, sorgfältig geschält, in Stücke geschnitten, ein Stückchen wurde gleich auf die silberne Gabel gespießt …

Sich in Antoniettas Abwesenheit mit dem Schwager an einen Tisch zu setzen kam ihr ungebührlich vor. Aber wenn er fertig war, aß sie einen Bissen mit Carmelina, die wie ein Kätzchen in der Küche darauf wartete, dass ihr die Tante einen Rest von den für das Familienoberhaupt gesondert zubereiteten Leckerbissen mitbrachte. Nachdem sie den Tisch abgedeckt hatte, stopfte sie die Pfeife, machte das Zitronenwasser fertig und brachte die kleine Nichte ins Bett, die, seit Alessio krank war, im oberen Stockwerk in einem Bettchen neben dem ihren schlief. Dann wartete sie in einen Winkel gekauert mit schweren Lidern, die vor Müdigkeit brannten. Und die Zeit verging langsamer, und die Stunden wollten nicht verstreichen. Das leise Ticken der Standuhr, das beinahe tonlose *'mpe 'mpe* von Don Lucios Lippen, der träge an seiner Pfeife sog, unterbrachen die tiefe Stille. Schlaftrunken, wie sie war, hatte sie den Eindruck, dass dieses unendlich langsame Ticken den Gang der Zeit anzeigte, die ohne Aufenthalt und ohne Wiederkehr immer weiter voranschreitet.

Sie wartete darauf, dass der Schwager die Pfeife hinlegte, um die Papiere auf dem Regal bat und dann, ohne sie anzublicken, sagen würde:

»Du kannst gehen, wenn du müde bist.«

Dann ging sie ins Zimmer, um Antonietta Gute Nacht zu wünschen. Sie sah sie in dem gedämpften grünlichen Licht über das kranke Kind wachen – blass, ungekämmt und schmerzerfüllt.

»Ich gehe. Brauchst du mich noch?«

Geduldig und ergeben erledigte sie noch etwas im Zimmer, half der Schwester, das Bett aufzuschütteln, ganz leise, um den kleinen Patienten nicht zu stören, und stieg dann schließlich die Holztreppe hinauf, endlich frei. Sie kleidete sich rasch aus und löschte das Licht. Schwer ließ sie sich auf ihr Bett fallen.

An manchen Abenden hatte sie Mühe einzuschlafen. Sie spürte ein Kribbeln im ganzen Körper, ein großes Bedürfnis zu weinen, die Augen zu schließen und nie wieder aufzuwachen. Aber bestimmt war das nur die Anstrengung, die sie niederdrückte.

Als Alessio gesund war, kam es Nicolina so vor, als erwache sie aus einem Alptraum. Sie ertappte sich manchmal beim Singen, wenn sie allein war, als sei sie in die sorglosen Zeiten von Sant'Agata zurückversetzt.

Der kleine Salon wurde ausgeräumt und in Ordnung gebracht, die Fenster wurden wieder weit geöffnet. In Begleitung ihres Vaters gingen Alessio und Carmelina, die sehr schmal geworden war, zwei- oder dreimal ins Freie. Aber da Don Lucio während der heißen Mittagsstunden nicht hinausgehen wollte und die frische Abendluft dem Genesenden nicht guttat, wurden die Spaziergänge nicht mehr erwähnt. Außerdem würden die Kinder ja sowieso mit dem Schulbeginn täglich an die frische Luft kommen.

Alles ging wieder seinen gewohnten Gang. Aber Nicolina bediente weiterhin ihren Schwager. Wenn Antonietta auf den Ruf ihres Mannes herbeigelaufen kam, sagte dieser:

»Wenn du zu tun hast, schicke deine Schwester.«

Und Antonietta schickte Nicolina.

»Manchmal bist du besser als ich!«, rief sie fröhlich aus. Gern gab sie einen großen Teil der lästigen Pflichten ab, die sie Don Lucio gegenüber hatte. Nicolina, die Glückliche!, war noch in dem Alter, wo man alles sehr genau nimmt.

Antonietta lachte, wenn sie sah, mit welchem Eifer sie sich neben ihren Mann stellte, um ihm die Pfeife zu stopfen, wie sorgfältig sie ihm das Obst schälte und ihm das abendliche Zitronenwasser zubereitete!

»Nicolina«, hatte Don Lucio gut gelaunt gesagt, »ist tüchtiger als du.«

»Das wundert mich nicht«, hatte Antonietta lächelnd ausgerufen. »Wenn sie meine Sorgen hätte …«

»Aber früher …«

»Früher war es etwas anderes, selbstverständlich …«

»Man muss eben begreifen, dass eine Mutter sich nicht immer nur um ihren Mann kümmern kann, als ob er ein Säugling wäre!«, rechtfertigte sich Antonietta.

Mit einer gewissen Ruhe begann sie ihn zu kämmen, aber nach zehn Minuten war sie es leid, ihre Zeit damit zu verlieren, und ihre Hand wurde nervös und ungeduldig.

Nicolinas geschickte Hände dagegen bewegten sich zunehmend routinierter. Sie fuhr immer wieder mit dem Kamm auf dem rosigen, fast kahlen Schädel durch die mit Migone-Wasser angefeuchteten, spärlichen Haare, ganz sachte, während Don Lucio sich mit der Pfeife zwischen den Lippen dem wollüstigen Gefühl der Massage hingab und wie eine gestreichelte Katze die Augen schloss, besonders wenn der Kamm über den Hinterkopf glitt. Manchmal vergaß er sogar, dass die Person hinter ihm ermüden könnte, so leicht und gleichmäßig blieb Nicolinas Hand.

Don Lucio unterstützte auch die Familie seiner Frau. Er verwaltete das kleine Stück Land. Als Antonio wegen des Abschlussexamens an der Berufsschule in die Stadt gekommen war, hatte er ihn beherbergt. Und dreimal hatte er der Witwe Geld geschickt, als Geschenk.

»Schreibe deiner Mutter«, sagte er bei dieser Gelegenheit zu Antonietta und zeigte ihr den verschlossenen Brief, »dass ich mein Möglichstes tue für sie und für euch.«

Und er fügte hinzu:

»Schreib ihr, sie soll mir genau mitteilen, wie sie mein Geld verwendet. Denn der gesunde Menschenverstand ist nicht gerade ihre Stärke.«

Und Antonietta war, bevor sie schrieb, eine Zeit lang ganz aufgeregt, weil sie nicht wusste, wie sie den Willen ihres Mannes ausdrücken sollte, ohne ihre Mutter zu kränken. Dann fasste sie den Brief mit Nicolinas Hilfe ab … Wer ihn nicht kannte, täuschte sich leicht in ihm und glaubte am Ende, er sei geizig … Dabei …

Das Geschenk, begleitet von Antoniettas liebevollen Worten, die jedoch Don Lucios schroffen Befehl nur ungenügend milderten, bekam einen doppelten Wert.

»Es ist ja richtig so«, wiederholte die Witwe und versuchte, die Kinder zu überzeugen, die darüber murrten. »Ich kann nicht verlangen, dass er mich wie unser guter Vater behandelt … Ich bin eine Fremde für ihn. Er tut ja schon viel zu viel. Wenn nur Antonietta immer so glücklich bleibt – ich bin nicht so wichtig.«

Und sie rechnete ab:

»Lieber Schwiegersohn. Von den 50 Lire, die Sie mir mit Ihrem werten Einschreiben geschickt haben, habe ich 20 Lire Schulden beim Schuster bezahlt. Außerdem habe ich der Weberin 25 Lire Anzahlung gegeben, denn ich hatte gerade den Webstuhl für die Betttücher gerüstet. Von den übrigen fünf Lire habe ich etwas Köper gekauft, um Schürzen für mich und Caterina zu nähen. Wir brauchten nämlich welche.«

Don Lucio setzte die Brille auf und las den schwarz umrandeten einfachen Brief mehrmals von Anfang bis Ende, während Antonietta bangend dabeistand wie ein kleines Mädchen, das eine verdiente Strafe erwartet.

»Typisch Frau«, sagte Don Lucio schließlich. »Warum wegen der Schuhe Schulden machen? Warum den Webstuhl rüsten, wenn man nicht die Mittel dazu hat? Im Handumdrehen hat sie alles bis auf den letzten Centesimo ausgegeben. Das habe ich ja geahnt. Ich hab's mir gleich gedacht, dass es auf dasselbe hinausläuft, ob ich mein Geld nach Sant'Agata schicke oder es aus dem Fenster werfe.«

Antonietta sagte keinen Ton. Don Lucio faltete den Brief langsam zusammen und schloss ihn in der Schreibtischschublade ein, hochzufrieden, dass ihm auch die Schwiegermutter gehorcht hatte und man seinem Geschenk das rechte Gewicht beimaß.

Die Verwaltung der Häuser des Barons Rossi, um die sich Don Lucio gemeinsam mit dem Notar Marulli kümmerte – die Ländereien wurden von zwei Bauern bewirtschaftet –, raubte ihm viel Zeit. Der Baron, der steinreich war, besaß zudem noch prächtige Wohnhäuser in der Stadt.

Don Lucio zog die Mieten ein, verhandelte, verpflichtete sich, Reparaturen auszuführen ... Und war so sparsam und ärgerte sich so beredt, wenn ein Haus unvermietet blieb oder wenn man ihn rief, um ihm irgendeinen ernsten Schaden zu melden, dass es den Anschein erweckte, es ginge um seinen eigenen, höchstpersönlichen Verlust. Mietshäuser und Stadthäuser, die zu Zeiten des alten Barons verschlossen und verlassen gewesen waren, brachten jetzt alle etwas ein. Durch sein beständiges Bezeugen von Anteilnahme und seinen unermüdlichen Einsatz erwarb sich Don Lucio allmählich das volle Vertrauen des Barons. Jedes Frühjahr unternahm er eine kleine Reise, um Mieten in den Dörfern einzuziehen oder Mietverträge zu erneuern, und zeigte sich unerbittlich denen gegenüber, die etwas »nicht in Ordnung« hielten. Gern lieh er Nachzüglern Geld für die Zahlungen, nur um dem Baron lückenlose und einwandfreie Abrechnungen vorweisen zu können. So hatte er, ohne es recht zu merken, bald sein eigenes Kapital in Umlauf gebracht. Nach und nach wurde dies bekannt. Und auch in der Stadt begann man, heimlich seine Dienste in Anspruch zu nehmen. Frauen armer Angestellter und zurückgezogen lebende Damen kamen zu ihm nach Hause oder erwarteten ihn vor der Haustür, sobald sie wussten, dass er keine Schuldner bei sich empfangen wollte. Sie waren froh, es mit einem »Ehrenmann« zu tun zu haben, der ihre Not nicht ausplaudern und sie nicht betrügen würde. Sie boten ihm ihren Schmuck als Pfand an, den er in dem geheimnisvollen Ebenholzkästchen aufbewahrte.

Im Gespräch mit seiner Frau erwähnte er seine kleinen Spekulationen nie, obgleich er ihr gern gezeigt hätte, wie schwer erworben der Wohlstand war, mit dem er sie umgab. Er war überzeugt, tief überzeugt, ein redliches Gewerbe zu betreiben, das im Grunde genommen nur einigen Pechvögeln, die sonst in die Klauen eines Wucherers gerieten, aus der Not half. Aber er befürchtete, Antonietta und Nicolina würden es nicht begreifen, dass jene Arbeit, die er zur eigenen Bereicherung machte, beinahe genauso ehrenwert war wie die, die er für den Baron leistete. Am Abend ließ er sich die Mappe – die Frauen hätten sie nicht einmal im Traum geöffnet – zum Tisch bringen und verbrachte einige Stunden über drei oder vier Akten. Hier trug er die »Einnahmen« und dort die »Ausgaben« ein, hier schrieb er ganz eng und gleichmäßig etwas in eine blaue Spalte, die »pro memoria« überschrieben war, dort füllte er eine rote Spalte, die das Datum des Tages trug, mit Zahlen … Alles war in schönster Ordnung in seinen Papieren, ganz wie in allen seinen Dingen.

In allen seinen Dingen, o ja! Er hatte ein Tischchen, auf dem er Pfeife, Tabak und Streichhölzer abzulegen pflegte, ein Schubfach, in dem er seine neuen Schuhe aufbewahrte (er besaß sie in allen Formen: einfache Stiefel, Schaftstiefel, Stiefel mit Schlaufen …) und eins, wo er die alten Schuhe abstellte, und auch eine runde Schachtel für Kragen und eine längliche für Krawatten durften nicht fehlen … nicht das Regal für die Papiere oder das Schränkchen für die Schlüssel ... Die größten Kommoden standen aneinandergereiht in einem kleinen Zimmer. Nicolina widmete jeden Morgen beim Staubwischen eine gute Viertelstunde ausschließlich »Lucios kleinem Zimmer«. Hier war alles so wohlgeordnet, dass man einen Gegenstand selbst bei Nacht im Dunkeln unfehlbar in seinem Schubfach an seiner Stelle gefunden hätte.

Und so wie Don Lucio seine Buchführung und seine Gebrauchsgegenstände in Ordnung hielt, achtete er auch in seinen Gewohnheiten auf Ordnung. Sein ganzes Leben war – wie das kleine Zimmer oder die Geschäftsakten – genau aufgeteilt, in Beschäftigungen, Gewohnheiten und Bedürfnisse. Für ihn gab es nichts Dunkles oder Ungewisses in der Zukunft. Alles war methodisch festgelegt, alles vorgeplant.

Manchmal, wenn er seine lange Pfeife rauchte (kurze Pfeifen schaden der Gesundheit), überkam ihn die triste Erinnerung an seine ärmliche Kindheit ohne Nestwärme, überschattet von der Einsamkeit und Gleichgültigkeit eines alten Verwandten ...

O ja, er hatte viel gelitten und wusste, dass ihm der Wohlstand, den er sich erworben hatte, völlig rechtmäßig zustand!

Aber ein Schatten legte sich auf seine schöne, einfache Voraussicht, und das war der düstere

Schatten des Todes – des Todes, der ihn in jedem Augenblick ergreifen und ihn für immer in den Sessel bannen konnte, auf dem er friedlich saß.

Er wurde bleich und ließ die Pfeife zwischen den Lippen kalt werden vor Angst, das leichte, geschickt geschaffene Leben vielleicht nicht genießen zu können, dieses leichte bequeme Leben, von dem er in den Stunden der tiefsten Armut geträumt hatte, als er steif vor Kälte, hungrig und voll Erbitterung die reichen Leute im Pelzmantel und mit dicken Plüschhandschuhen vorübergehen sah …

Denn er war krank. Er fühlte sein Herz unter der Hand, die er sich auf die Brust gelegt hatte, unregelmäßig schlagen.

Die Entbehrungen, die Ungewissheiten und Mühen der Vergangenheit hatten das anfällige Organ, das kein Arzt heilen kann, angegriffen …

Jetzt waren auch Ängste und Erinnerungen schädlich für ihn, weil sie ihn aufregten. Und so rief er seine Frau oder seine Schwägerin oder begnügte sich mit den Kindern, einfach, um die eigene Stimme zu hören, wenn er ihnen irgendetwas Belangloses erzählte …

Jetzt, wo Alessio wieder zur Schule ging und auch Carmelina in die Nonnenschule zurückgekehrt war, blieb nach dem Essen viel freie Zeit.

Nicolina nahm ihren Arbeitskorb (Leibchen und Hemdchen aus zarten, feinen Stoffen, nur eine Handbreit lang) und setzte sich nach draußen auf den Balkon.

Antonietta war mit Hausarbeit beschäftigt. Sie brachte den Wäscheschrank in Ordnung und legte die Sommersachen zurück, die nun zu leicht waren. Sie war wieder schwanger. Jedes Mal räumte sie eigenhändig von oben bis unten das Haus auf und ging in der nahen Kirche zur Beichte, als müsste sie eine lange Reise unternehmen.

»Ist es denn nicht so, als sollte ich auf eine lange Reise gehen?«, sagte sie sanft. »Ich muss mich von den Dingen lösen und auch von euch. Wer garantiert mir, dass ich mit meinen eigenen Händen diese Fächer wieder öffne und diese Sachen wieder berühre? Ihr würdet dann sagen: ›Antonietta war eine schlechte, unordentliche Hausfrau …‹«

Nicolina nähte ein wenig lustlos. Die letzten Schwalben flogen in Schwärmen am Himmel vorüber und schienen sich mit ihren durchdringenden Schreien von den Orten zu verabschieden, die sie verlassen mussten. Die Dächer leuchteten im Schein der verglühenden Sonne. Eine Felsentaube hockte reglos wie ein großer Bronzevogel auf dem Dachsims. Eine frühlingshaft milde Wärme lag in der Luft, in der Ferne Stimmengewirr und tausend vage Geräusche. Der Sommer ging unmerklich zu

Ende, jeden Tag ein wenig mehr. Aus der Gasse drang das Gewimmer der Roten herauf, die von ihrem Geliebten geschlagen und aus dem Haus gejagt worden war. Sie hatte sich der Länge nach vor die verschlossene Tür gelegt, und ein kleines barfüßiges Kind in einem nur bis zum Bauch reichenden kurzen Hemdchen betrachtete sie von Weitem. Auch Nicolina schaute einen Augenblick lang eher überrascht als mitleidig auf sie. Sie war schmutzig, hässlich und zerzaust. Warum litt sie weiter, warum floh sie nicht und befreite sich von den Ketten, die sie an diese verschlossene Tür banden? Nicolina errötete, als sie daran dachte, dass hinter der Tür der Geliebte sein musste, jener Mann, der sie geschlagen hatte und der sie später wieder hineinlassen würde, genau wie immer.

»Der Geliebte …«

Sie sprach, lautlos die Lippen bewegend, das verführerische Wort vor sich hin.

Aber war das die Liebe?

Sie zog die Stirn kraus und konnte nicht umhin, wieder auf die Rote zu blicken.

Nun ja, auch der Anblick der Liebe ist manchmal abstoßend.

Sie dachte an Caterina, die nicht heiraten wollte. Jetzt verstand sie, warum. Viele haben wie Caterina eine Abscheu vor der Liebe, ohne dieses Gefühl zu kennen. So ist das nun einmal …

Sie nahm ihre Arbeit wieder auf. Die Witwe gegenüber trat auf den Balkon, um eine verblichene gelbliche Decke aufzuhängen. Sie verweilte einen Moment und zupfte einige trockene Blätter von der Geranie, die im Schatten blühte. Ihr gescheiteltes Haar, das so schwarz war wie ihr Trauerkleid, verlieh ihrem Gesicht eine marmorne Blässe. Selbst das Gelb der Decke wirkte auf diesem schwarzen Balkon traurig.

Die Abenddämmerung überzog den Himmel, die Dächer und die Gasse mit einem satten Rot. Dann verschwand dieses lebendige Licht plötzlich in der bläulichen Luft.

Nicolina ging wieder hinein. In dem großen Haus herrschte tiefe Stille. Die Kinder hatten das Licht angezündet und machten Hausaufgaben.

»Die drei Rei-che der Na-tur ...«, las Carmelina und fuhr mit dem Finger über die Seite.

»Carmelina!«, unterbrach sie Alessio, »du störst mich! Lies leise.«

Niemand brauchte sie. Trotzdem ging sie hinüber zum Zimmer. Vielleicht brauchte Antonietta ihre Hilfe. Gewohnt, die anderen zu bedienen, konnte sie eine Stunde der Ruhe nicht genießen.

Mann und Frau saßen am Fenster vor der geschlossenen Balkontür. Don Lucio rauchte und hatte einen Arm um Antoniettas Taille gelegt. Er war heiterer als sonst, denn er freute sich über die

Schwangerschaft seiner Frau. Sie schien ihm ein Zeichen wiedergewonnener Jugendlichkeit.

Sie sprachen leise miteinander. Nicolina blieb auf der Schwelle stehen und wagte nicht einzutreten. Sie bedauerte, umkehren zu müssen. Ihr feines, blasses Gesicht verfärbte sich einen Augenblick. Mit einer Sehnsucht, in die sich Wut und Schmerz mischten, fragte sie sich, was die beiden in dieser friedlichen Stimmung einander wohl zu sagen hätten …

Sie kehrte mit zugeschnürter Kehle und den Tränen nah auf die inzwischen vom Mond beschienene Terrasse zurück.

Niemand brauchte sie.

Sie war nur hierhergekommen, um dem Glück ihrer Schwester zuzuschauen. Denn Antonietta, o ja, sie war glücklich …

Sie sah die Schwester vor sich, wie sie in der ersten Zeit ihrer Ehe gewesen war, in dieser schon fernen Zeit, die sie für einen Augenblick intensiv wiedererlebte. Sie dachte an viele Dinge, an flüchtige und schwer verständliche Dinge, die wie Bruchstücke von Träumen waren, dachte an gewisse Blicke zwischen den Eheleuten, einen schmachtenden, verwirrten Ton in der Stimme, ein bestimmtes Lächeln, und sie zuckte zusammen, als ob »sie« gerade vor ihr stünden wie »damals«. Sie sah Antonietta wieder vor sich, wie sie mit dem etwas matten Ausdruck der Hingabe aus ihrem Schlafzimmer kam ... Das hatte sie »damals« nicht beeindruckt. Da hatte sie lediglich ein Buch gelesen, ohne es zu verstehen, doch nun, da sie es noch einmal las, wurde jedes Wort lebendig und bedeutungsvoll. Da war wieder Antonietta, die sich langsam durch die Zimmer bewegte, und Don Lucio, der sie ermahnte, sich zu schonen.

»Lass Nicolina das machen. Streng dich nicht zu sehr an.«

Ja, der anstrengende Teil war ihr zugedacht wie sonst einem einfachen Dienstmädchen. Würde ihr Leben ewig so weitergehen? Immer und ewig?

Aber nach und nach verflüchtigte sich die Bitterkeit in ihrem Innern. Sie betrachtete lange ihre roten rauen Hände. Ob sie jemals feine Kleidchen für ein eigenes Kind nähen würde? Sie errötete so tief, als stünde jemand vor ihr und hörte die unzusammenhängenden Gedanken, die ihr durchs Gemüt zogen wie zarte helle Wolken, die zuweilen den Mond am Himmel verschleiern. Dann dachte sie an nichts mehr. Sie überließ sich einem Gefühlstaumel voll freudiger Erregung. Ihr war, als schliefe und wachte, als wachte und schliefe sie.

Stilles Sternenlicht floss vom Himmel, und das Haus in der Gasse kam ihr nicht mehr so traurig vor. Eine fast schmerzliche Zärtlichkeit, ein Bedürfnis, geliebt zu werden und jemanden zu lieben, erstickte ihr Herz.

»Nicolina! Nicolina! ...«, rief Antonietta. »Alessio, wo ist deine Tante?«

Sie erhob sich. Don Lucio saß am Tisch. Carmelina zog Perlen auf, und Alessio las.

Sie hatte das Zitronenwasser vergessen. Schnell bereitete sie es zu und trug es auf einem blauen Teller hinein. Als sie es neben das Tintenfass stellte, betrachtete sie verstohlen und neugierig den Schwager. Wie konnte er ihre Schwester glücklich machen? ...

Sie hoffte, dass er von seinen Papieren aufschauen würde, denn sie wollte in seinem Blick etwas Liebevolles entdecken. Er konnte doch nicht immer so steif, so kalt und streng sein, wenn er mit Antonietta allein war.

Aber Don Lucio hob den Kopf nicht. Beinahe brüsk ordnete er an:

»Stopf mir die Pfeife.«

Ach ja, die Pfeife ... Sie vergaß auch alles! Von Gewissensbissen geplagt, gehorchte sie sofort.

Überhaupt – warum sollte er sie auch anschauen? Was stellte sie im Leben ihres Schwagers schon dar? Ein armes Mädchen, das man aus Mildtätigkeit bei sich behielt, nichts anderes. Aber war sie nicht auch fast als Kind noch ins

Haus gekommen und deshalb tatsächlich ein wenig wie Alessio und Carmelina? Wie dankbar sie ihm für ein gutes Wort gewesen wäre! Sogar in der Bibel steht doch, der Mensch lebt nicht vom Brot allein.

Sie ging zurück und fing an, den Pfeifenkopf zu reinigen. Der Abend war still und licht. Sie dachte an jene geruhsamen Spaziergänge, die sie um diese Stunde in Sant'Agata schwatzend am Arm einer Freundin gemacht hatte. Worüber hatte sie so ausgelassen geredet? Über alles und nichts … Sie sah das kleine Haus, in dem Fröhlichkeit und Liebe herrschten, wieder vor sich. Jetzt war sie allein.

Ganz allein. Antonietta schien sich mit jedem Tag weiter von ihr zu entfernen. Sie lebte in einer anderen Welt. Vorbei und vergessen die glücklichen Zeiten, als sie beide – noch kleine Mädchen – mit derselben Leichtigkeit über jedes traurige Ereignis weinten und über jede Freude lachten.

Don Lucio fragte:

»Was liest du so gespannt?«

»Hier, Papa.«

Don Lucio sah sich das Buch, das der Junge ihm aufgeschlagen herüberreichte, mit sichtlicher Unzufriedenheit an. Er blätterte darin, dann schlug er es zu.

»Es gefällt mir nicht, dass du dir den Kopf mit schlechten Romanen vollstopfst.«

»Das ist kein schlechter Roman, Papa«, antwortete Alessio schüchtern. »Er ist von Foscolo. *Jacopo Ortis* von Foscolo.«

»Jedenfalls ist es ein Roman. Ich verbiete dir, ihn zu lesen. Wer hat ihn dir gegeben?«

»Rossi.«

»Bring ihm das Buch morgen zurück. Dafür bist du noch zu jung.«

»Aber er ist doch so alt wie ich …«

»Du bist du, und dir verbiete ich es, damit basta. So eine Schande! Ein Kind, und geht doch noch in die Grundschule!«

Alessio stand mit vor Tränen glänzenden Augen auf. Nicolina flüsterte ihm zu:

»Sei nicht traurig. Papa hat recht.«

»Nein …«, sagte Alessio, den Kopf abwendend, und entfernte sich.

Nicolina brachte dem Schwager die Pfeife. Er hatte sich wieder über seine Papiere gebeugt, die Stirn gerunzelt, aber doch ruhig. Wie konnte Alessio nur so aufsässig gegen ihn sein? Er war ein Mann, der sich nie irrte, der Gut und Böse genau kannte. Man musste sich ihm anvertrauen wie einem Kapitän, der sein Schiff auf hoher See richtig steuert. Es ist so schön, Vertrauen zu jemandem zu haben … Und ihr Herz weitete sich wieder vor grenzenloser Bewunderung für den Schwager.

»Hier ist die Pfeife ...«, sagte sie mit sanfter Ergebenheit und wartete abermals darauf, dass er den Kopf heben würde und sie in seinem Blick ein Zeichen von Wohlwollen finden könnte. Als sie sich ein wenig niedergedrückt und betrübt neben ihre Schwester setzte, verspürte sie ein starkes Bedürfnis zu sprechen, sich zu bewegen und zuzuhören.

Sollte ihr Leben denn ewig so weitergehen? Immer und ewig? Genau wie einer dieser nicht enden wollenden, bedrückenden, wortkargen Abende? Es gibt Momente in der Jugend, da ist die Seele so schwach, dass sie die Einsamkeit nicht ertragen kann. Da nimmt die Einsamkeit geradezu körperliche Gestalt an, wird zu einem alptraumartigen Wesen, das nach unserem Herzen greift und es zusammendrückt.

»Sieh mal, was für ein Mützchen, Lucio! ...«, sagte Antonietta.

»Hübsch«, antwortete Don Lucio lächelnd.

Das Mützchen war Nicolinas Werk. Ihre Arbeit blieb also ohne Anerkennung oder Belohnung, als hätte sie diese vergeblich gemacht ... Zum ersten Mal empfand sie einen Anflug von Missgunst und Neid, ein bohrendes Gefühl der Gehässigkeit gegen die Schwester.

O ja ..., wiederholte ihr Herz mit dumpfen wilden Schlägen, während erneut ernstes Schweigen im Zimmer herrschte, du bist eifersüchtig auf deine Schwester …

»Im Wohnzimmer ist Besuch!«, verkündete Alessio, als er in die Küche gelaufen kam, wo Nicolina gerade den Schaum von der Brühe schöpfte.

»Besuch? Das ist wohl jemand, der mit deinem Papa sprechen will.«

»Nein, nein. Es ist richtiger Besuch. Auch Mama ist gerufen worden.«

»Was redest du bloß!«

»Eben gerade will er gehen.«

»Dann lauf und sieh nach, wer es ist.«

»Das gehört sich doch nicht, Tante Nicoli'. Es ist ein Herr mit einer Goldbrille, so viel steht fest. Und ich höre Papa … Sag ihm nichts, Tante Nicoli' …«

»Soll ich gehen?«, schlug Carmelina vor. »Ich verstecke mich und schau nach.«

»Das hat keinen Sinn«, erwiderte Alessio. »Er ist schon weg. Ich höre Papa …«

Don Lucio wollte schon das Esszimmer betreten, überlegte es sich auf der Schwelle aber anders und ging zum Schlafzimmer. Er sah, dass Antonietta darauf brannte, mit ihm zu reden, und befürchtete, sie könnte es in Nicolinas Gegenwart tun. Antonietta folgte ihm mit vor Freude und Ungeduld glänzenden Augen, aber als sie sah, dass sein Gesicht sich verfinstert hatte, sank ihr Mut.

»Er ist ein schöner Mann geworden ...«, rief sie schließlich.

»Was du nicht sagst. Der sieht doch wie ein Trottel aus!«, erwiderte Don Lucio verärgert.

»Er ist aber klug ... Du hast ihn vielleicht eingeschüchtert ... Er sprach von Nicolina, als du mir das Zeichen gabst, hinauszugehen ...«

Er musterte sie und sagte nach einer kurzen Pause:

»Ja, von deiner Schwester. Aber ich habe ihm die Antwort gegeben, die er verdient. Er wird sich hüten, jemals wieder einen Fuß in mein Haus zu setzen.«

Antonietta wurde blass. Sie stammelte:

»Was hast du da angerichtet, Lucio! Er ist ein Ehrenmann. Er kennt uns ... Unser seliger Vater hielt große Stücke auf ihn ... Er hat eine gute Stellung ... Außerdem ...«, rief sie leise und schmerzerfüllt aus, » ... es wäre ein Glück für sie gewesen, das arme Mädchen ...«

»Gefällt er dir?«, unterbrach Don Lucio sie ironisch. »Willst du ihm deine Schwester geben? Habe ich etwas falsch gemacht? Dann bitte ich dich auf Knien um Vergebung. Und ich rufe ihn sofort zurück. Sofort ... Ich wusste nicht, dass du deine Schwester loswerden willst und sie dem Erstbesten in die Arme werfen möchtest ... Ist das der Dank?«, fuhr er nach einem erneuten, noch drückenderen Schweigen fort. »Der Dank dafür, dass ich mir das Leben schwermache für euer Wohlergehen! Muss ich mir da eure Vorwürfe anhören und euren Undank ernten?«

Antonietta schüttelte weinend den Kopf.

»Denn du klagst mich an!«, unterstrich er. »Du mit deiner Beschränktheit erlaubst dir, mich zu beurteilen? Ich weiß, was ich tue! Deine Schwester ist nicht mehr das arme Mädchen aus der Provinz, eine Waise ohne Mitgift und Zukunft! Sie wird eine gute Partie machen, eine, die der Schwägerin von Don Lucio Carmine würdig ist.«

Seine Stimme wurde milder. Antonietta wollte das Zimmer reuevoll und betrübt verlassen. Aber er rief ihr nach:

»Lass dir ja nicht einfallen, mit deiner Schwester darüber zu reden! Mädchen kommen heute leicht auf dumme Gedanken!«

An diesem Tag verließ er das Haus nicht, auch nicht am Nachmittag, und einer Frau, die ihn sprechen wollte, ließ er ausrichten, er sei nicht da. Er befürchtete, Antonietta könne ihrer Schwester etwas erzählen, und behielt sie im Auge.

Aber Antonietta wagte es nicht, das Verbot ihres Mannes sogleich zu übertreten. Gegen Abend warf sie sich, von Wehen gepackt, aufs Bett. Don Lucio atmete erleichtert auf. In aller Eile schickte er Alessio mit einer Nachricht zu Donna Filomena Zuppola und überschüttete seine Frau mit Aufmerksamkeiten. Er war beinahe froh, dass sie solche Schmerzen hatte, denn darüber würde sie die kleine Neuigkeit vom Vormittag vergessen. Er wies Nicolina an, sich mit den Kindern in die oberen Zimmer zurückzuziehen.

»Das ist nicht deine Sache. Geht alle drei ins Bett.«

Nicolina gehorchte ohne Widerspruch. Schon zweimal hatte sie Angst ausgehalten, aber keine allzu große. Die »Sache« war sonst am Tag passiert, und sie wusste noch nicht, wie groß die Gefahr für ihre Schwester war.

»Schlaf nur«, sagte sie zu dem Jungen, der sie fragend ansah, und zog ihm die Bettdecke zurecht. »Es ist nichts. Es geht alles vorüber.«

Carmelina war schon beinahe eingeschlafen.

Nicolina legte sich nicht hin. Sie war unruhig und aufgeregt, wartete darauf, jeden Augenblick gerufen zu werden. Schließlich ging sie auf die Treppe hinaus und horchte. Die kleine Tür unten war geschlossen. Es herrschte tiefe Stille. Einen Augenblick hörte man ein herzzerreißendes Wimmern. Wer wimmerte so? Antonietta konnte es nicht sein … Ob die Stimme von draußen kam, von der Gasse her …? Sie setzte sich abermals an Carmelinas Bett, stand aber sofort wieder auf und drückte die Hände zusammen, um nicht schreien zu müssen. Die Zeit verstrich unendlich träge, unerbittlich langsam.

»Gott, mein Gott«, murmelte sie, ohne die Lippen zu bewegen, »mach, dass diese Qual endet.«

Sie lauschte ein weiteres Mal. Es war nichts mehr zu hören. Schweigen lastete auf dem Haus – ein neues Schweigen jedoch, wie das eines Mannes, der wach ist und nachdenkt in der Nacht.

Wieder klangen ihr jene wehmütigen Worte im Ohr: »Ja, ist es denn nicht so, als sollte ich auf eine lange Reise gehen?«

Sie bat Gott um Verzeihung für den Anflug von Eifersucht, der wenige Abende zuvor ihr Herz vergiftet hatte. Nein, ihre arme Schwester war nicht glücklich. Sie stellte sie sich in den schlimmsten Augenblicken vor, auf dem Schmerzenslager oder neben dem kranken Alessio oder unter dem strengen Blick ihres Mannes. Sie hatte immer nur gelitten, und Nicolina hatte das nicht bemerkt. Die große Erregung, die sie erfasste, ließ ihren Neid und ihre Missgunst monströs und unverzeihlich erscheinen.

Ihre Schwester war allein mit ihrer Qual, allein in dieser ewigen Nacht.

»Mein Gott!«, seufzte sie inbrünstig, »wie schrecklich ist das Leben!«

So verging die Nacht. Ihr Inneres zitterte wie ein gespannter Bogen. Das Licht der Morgendämmerung fiel durch das Fenster, knisternd erlosch die Lampe.

Sie horchte wieder. Sie vernahm die laute Stimme von Donna Filomena und dann die von Don Lucio. Was redeten sie nur?

Eine Tür schlug.

Sie hätte Antonietta helfen und sie nicht allein lassen sollen …

Sie würde es sich nie verzeihen, wenn Antonietta …

»Jetzt müsste wohl alles vorbei sein …«, sagte sie erschrocken zu sich selber. Dann stieg sie entschlossen die Treppe hinab. Unten traf sie den Schwager. Durch die offene Tür hörte sie das schwache Weinen eines Kindes, ein Weinen wie das Blöken eines Lamms, das nichts Menschliches hatte.

»Wohin willst du, Nicolina?«, fragte Don Lucio. »Übrigens«, fügte er hinzu, »es ist Gott sei Dank alles vorbei. Wieder ein Mädchen. Ich wollte gerade kommen und es dir sagen. Geh zurück in dein Zimmer. Ich werde dich nachher rufen. Behalte die Kinder bei dir. Aber zittere doch nicht so. Du wirst noch krank werden.«

Der behutsame, beinahe melancholische Ton in seiner Stimme beruhigte sie.

Er war ehrlich bewegt. Die tragische Einfachheit *dessen, was geschehen war,* hatte ihn erschüttert. In diesem so geheimnisvollen, so beängstigenden

Augenblick schien seine Seele vom Egoismus frei zu werden und ein – ebenso schmerzliches wie flüchtiges – Mitgefühl für alle, die litten, zu empfinden.

»Ja, meine kleine Nicolina, Tod und Leben treten manchmal gemeinsam in das Haus, in dem sich zwei neue Augen öffnen!«

Sanft schob er sie zur Treppe hin, wobei er ihre Taille sachte mit dem Arm berührte.

Nicolina ging langsam wieder hinauf.

»Mein Gott!«, seufzte sie wieder. »Wie schrecklich ist das Leben!«

Warum wird man geboren? Wer wünscht ein Wesen, das weint?

Das Übernächtigtsein, die Aufregung, das angespannte Warten und dann die ungewohnte Zärtlichkeit in der Stimme des Schwagers – alle diese Gefühle und Gemütsbewegungen ermatteten sie. Weinend brach sie am Bett zusammen. Sie verlor das Bewusstsein. Als sie wieder zu sich kam, sah sie Alessio mit einem Glas Wasser in der Hand neben sich stehen. Er war blass und verängstigt. Vielleicht hatte auch er nicht geschlafen.

»Tante Nicoli'«, rief er jetzt etwas munterer, nachdem es ihm endlich gelungen war, die Tante zu wecken und zum Trinken zu bewegen, »ich habe so oft gerufen ... aber niemand hat mir geantwortet. Ich glaube, auch Papa ist schlafen gegangen.«

Carmelina schlief noch.

»Warte hier auf mich, Alessio«, sagte Nicolina.

Sie ging auf Zehenspitzen hinunter. Donna Filomenas schwarzer Schal hing nicht mehr am Kleiderständer. Sie drückte behutsam die Tür zum Schlafzimmer auf. Don Lucio schlief laut schnarchend im schmalen Bett. Im Ehebett lag Antonietta, wachsbleich und offenbar schlummernd. Bei dem winzigen Geräusch öffnete sie die Augen. Nicolina kniete sich neben sie.

»Meine arme Schwester«, murmelte Antonietta. »Ich dachte, ich würde dich nicht wiedersehen, und es tat mir weh, dass ich dir meine Kleinen nicht anempfohlen hatte ... Aber du hättest sie nicht im Stich gelassen ... nicht wahr, Nicolina, das hättest du nicht? Was machen sie gerade?«

»Carmelina schläft. Alessio ist aufgestanden. Willst du ihn sehen?«

»Nein, der arme Lucio ruht sich aus. Später. Später.« Sie schwieg erschöpft.

In der anderen Hälfte des Bettes schlief unter einem dünnen Schleier, in feine Wäsche gewickelt, mit geschlossenen Fäustchen auch *die andere*. Auf einen Wink der Schwester hin erhob sich Nicolina, um sie zu betrachten. Aber ihr Blick ruhte ohne Sympathie auf dem Neuankömmling. Wegen dieses kleinen Wesens war Antonietta – einen endlosen Augenblick lang – in den Klauen des Todes gewesen ... Warum musste es in diesem traurigen Haus zur Welt kommen?

Aber als sie die rosigen, fest geschlossenen Fäustchen betrachtete, bekam sie auch mit dem Eindringling Mitleid.

Wenn es nur ein Junge wäre, sagte sie sich. Sein Los wäre einfacher. Frauen sind zum Dienen und zum Leiden geboren. Zu nichts anderem.

Was es wohl in den kleinen geschlossenen Fäusten hielt? Vielleicht das Glück ... Jeder von uns hält bei der Geburt die Hände geschlossen, um sich nicht entwischen zu lassen, was nie wieder zu finden sein wird ...

Die Gedanken wirbelten ihr im Kopf durcheinander. Kopf und Herz taten ihr weh. Sie entfernte sich auf Zehenspitzen und ging in die Küche, um Kaffee zu kochen.

Alessio folgte ihr. Im ungewissen Licht der Morgendämmerung nahm sich sein kleines verängstigtes Gesicht mit dem weichen, hellen Haar aus wie das eines Mädchens.

Unser Leben ist nichts als Gewohnheit, wie Don Lucio sagte. Seit über zwei Monaten hütete Antonietta fast ohne Hoffnung auf Genesung das Bett, und alles im Haus lief wieder nach einem Plan ab, der hier und da unmerklich verändert worden war, so als wäre die Hausherrin schon immer krank gewesen. Alessio ging zweimal am Tag in die Schule zu den Dominikanern, Carmelina zu den Nonnen, Nicolina sorgte aufmerksam und umsichtig wie stets für den Haushalt und kümmerte sich auch um die kleine Agata.

Sie waren mit dem Mittagessen fertig. Das Zimmer war warm und hell, gesättigt vom schweren Dunst der Speisen. Carmelina schaute Alessio mit ihren tiefschwarzen, vor Lebhaftigkeit und Ungeduld funkelnden Augen an, die denen eines Mäuschens ähnelten. Und Alessio starrte auf das Tischtuch, um nicht lachen zu müssen.

»Gehen wir?«, fragten die schalkhaften schwarzen Augen.

»Warte noch … Es ist noch nicht so weit …«, antworteten die sanften braunen Augen.

Endlich schob Don Lucio den kleinen Teller von sich weg und gab den Kindern ein Zeichen. Sie durften gehen. Carmelina ließ sich vorsichtig von dem hohen Stuhl gleiten und lief, vom Bruder verfolgt, mit unterdrücktem Lachen hinaus.

Nicolina deckte den Tisch ab, kochte Kaffee und brachte der kranken Antonietta heiße Brühe. Sie wusste, was zu tun war, und sie tat es sorgfältig und ohne Ungeduld. In längst vertrauter Gewohnheit, den Schwager nicht zu stören, ging sie auf Zehenspitzen.

Antonietta dankte ihr mit einem Blick, als sie ihr die leere Tasse reichte.

»Wo sind die Kinder?«, fragte sie. »Was machen sie?«

»Sie sind oben und spielen. Alessio muss wieder zur Schule. Carmelina auch ... Don Lucio will, dass sie bis zum Abendessen bei den Nonnen bleibt. Er geht nicht aus, und es stört ihn, wenn er sie hört ...«

»Dann lass sie gehen. Bei den Nonnen ist sie freier, das arme Kind. Sie ist so lebhaft!«

Da kamen die beiden auch schon, fertig zum Gehen. Sie spielten immer noch und stießen sich gegenseitig durch die Tür, als sie hereinkamen, um sich von ihrer Mutter zu verabschieden.

»Segnen Sie uns!«

»Segnen Sie uns!«

»Ich segne dich, meine Tochter. Ich segne dich, mein Sohn. Macht nicht so viel Lärm! Und passt draußen auf die Wagen auf! Haltet euch an den Händen ...«

Sie liefen lachend davon. Man hörte die Haustür schlagen.

»Sie wissen nicht, was Vorsicht ist!«, bemerkte die Mutter lächelnd.

Nicolina antwortete nicht. Seit einigen Tagen empfand sie eine Art Unruhe bei dem Gedanken, den ganzen Nachmittag über mit ihrem Schwager allein zu sein. Sie hätte wenigstens Carmelina gern bei sich gehabt ... Aber sie hatte nicht gewagt,

Don Lucio mit ihrem Wunsch zu verstimmen. Und außerdem, wie sollte sie es ihm sagen?

Sie kehrte ins Esszimmer zurück, um etwas aufzuräumen. Dann ging sie in die Küche und begann zu bügeln. Es war sehr warm, und sie knöpfte sich den Kragen auf. Sie meinte, Antonietta habe gerufen, und lief ins Schlafzimmer. Sie hatte aber nicht gerufen und war am Einschlafen.

»Was machst du denn gerade, Nicolina?«, fragte sie und öffnete die Augen.

»Ich bügle. Ich dachte, du hättest gerufen.«

»Nein, Nicolina. Ich brauche nichts. Du kannst ganz beruhigt sein.«

Nachdem sie die Fensterläden herangezogen hatte, verließ sie das halbdunkle Zimmer. Sie fing wieder an zu bügeln. Die Arbeit fiel ihr schwer in dieser Stunde nach dem Essen, und sie betrachtete niedergeschlagen den großen Korb voller Wäsche. Sie wünschte sich, krank zu sein ... und in einem kühlen Zimmer schlummern zu können ...

Mit der Pfeife im Mund kam Don Lucio langsamen Schrittes herein. Nicolina errötete verwirrt und überrascht. Er kam nie in die Küche, außer morgens, wenn er sich wusch.

»Haben Sie gerufen?«, fragte sie.

»Nein.«

Er stellte sich breitbeinig vor das Fenster. Seine Gestalt hob sich vor dem hellen Hintergrund wie ein riesiger Zirkel ab. Er trug einen seiner weiß und nussbraun karierten Sommeranzüge, die ihn noch größer erscheinen ließen.

Deutlich hörte man eine Fliege summen, die in dem vergeblichen Versuch, einen Ausgang zu finden, gegen die Scheiben schlug, und Don Lucios regelmäßiges Ziehen an der Pfeife.

»Ist dir warm?«

»Ein bisschen.«

»Du solltest um diese Zeit nie bügeln. Du strengst dich zu sehr an.«

Nicolina, überrascht von der ungewöhnlichen Bemerkung, errötete noch stärker. Wer hatte schon Mitleid mit ihr? ... Und bei diesem Gedanken überkam sie ein heftiges Bedürfnis zu weinen.

»Es gibt eine Frau«, sagte Don Lucio und kam an den Tisch heran, »die raucht.«

»Die raucht?«, wiederholte Nicolina und bemühte sich, ein höfliches Interesse zu zeigen.

»Ja. Notar Marullos Schwägerin. Sie raucht wie ein Mann.«

Und wieder herrschte tiefes, aber wachsames Schweigen. Don Lucio schien nun gedankenverloren das Leibchen zu betrachten, das Nicolina bügelte.

»Stört dich der Rauch nicht?«

»Nein. Ich habe mich dran gewöhnt.«

»Weil du ihn noch nie im Gesicht gehabt hast.«

»Allein der Gedanke!«

»Das wäre so.« Don Lucio beugte sich ein wenig vor und pustete ihr eine kleine Rauchwolke ins Gesicht. Nicolina trat angeekelt einen Schritt zur Seite. Don Lucio lachte.

»Siehst du, du kannst ihn nicht ausstehen.«

Nicolina antwortete nicht. Der Rauch, die übel riechende Luft in der Küche und vor allem die Unruhe, die sie immer wieder empfand, wenn sie daran dachte, dass sie ganz allein war, weckten in ihr ein tiefes Unbehagen.

Aber gut, sie würde aufhören zu bügeln, mit einer Ausrede in ihr Zimmer gehen und so lange dort bleiben, bis die Kinder zurückkamen. Außerdem musste sie darum bitten, dass Carmelina ab morgen zu Hause blieb, um ihr Gesellschaft zu leisten … Aber sie rührte sich nicht von der Stelle, ihre Nerven und Muskeln ermatteten und versagten ihr den Dienst.

Don Lucio umfasste ihre Taille, wobei er sie sacht streifte, wie an dem Tag, als er ihr im Morgengrauen unten an der Treppe begegnet war.

Nicolina trat beiseite, stellte das Bügeleisen ab und wollte endlich hinausgehen. Jeder Schritt kostete sie große Kraft zu gehen. Don Lucio folgte ihr ohne Eile an die Tür. Dann riss er sie an sich. Nicolina wollte sich losmachen, fliehen. Sie wollte schreien, aber die Stimme erstarb ihr in der Kehle. Don Lucio hielt sie nun mit einem Arm fest an seine Brust gepresst. Er lachte nicht mehr. Beinahe finster, wie wenn er etwas anordnete, sagte er:

»Antonietta wird dich nicht rufen ...«

Er hielt sie weiter fest und verließ mit ihr das Esszimmer. Mit seinem sehnigen Arm hob er sie fast vom Boden. Im kleinen Salon angekommen, wiederholte er mechanisch:

»Antonietta wird dich nicht rufen ...«

Sie hatte sich in ihr kleines Zimmer geflüchtet, und wie sie nun auf dem Bettrand kauerte und ihre spitzen zitternden Knie betrachtete – sie brachte dieses Zittern einfach nicht in ihre Gewalt –, fragte sie sich, woher sie eigentlich die Kraft genommen hatte, die Treppe hinaufzusteigen. Sie hatte jegliches Zeitgefühl verloren. Vielleicht floh das Leben wie das Licht. Durch das runde Fenster waren die vom flammenden Sonnenuntergang tiefrot gefärbten Dächer zu sehen. Und die Dächer zitterten und zogen sich zurück. Das Bett, die Stühle, jeder Gegenstand drehte sich und verschwand. Alles wurde dunkel, und dann kehrte auf einen Schlag alles wieder, und das rote Licht war wieder da.

Antonietta, die Nichten und der Neffe – sie alle waren weit weg. Sie dachte an Sant'Agata, an die Mutter. Arme Mama! Warum hast du nur deine jüngste Tochter gehen lassen?

Für kurze Momente kam es ihr so vor, als hinge sie im Leeren und stürzte mit dem Licht in die Tiefe, ohne irgendwo einen Halt zu finden. Sie hörte die Stimme der Roten, die wohlbekannte heisere Stimme in der Gasse. Sie kam aus der Ferne, diese Stimme. Alles war so fern.

Was sollte sie morgen tun? Was übermorgen?

Sie empfand Entsetzen, Abscheu vor dem Leben. Doch die Zeit vergeht wie immer, gleichgültig gegen unsere Nöte, unsere Schmerzen. Die große Wanduhr flüstert die Stunden, immer weiter, ohne Unterlass. Alles bleibt, wie es ist, auch wenn im Innern die Hölle ausgebrochen ist.

»Gott im Himmel!«, betete sie angstvoll. »Mach, dass ich meinesgleichen und das Tageslicht nicht wiedersehen muss. Mach, dass ich sterben kann …«

Da hört sie einen schnellen Schritt auf der kleinen Treppe, die unter dem leichten Gewicht ein wenig knarrt. Es ist Alessio.

»Tante Nicoli'! Warum sitzt du im Dunkeln? Papa lässt sagen, du sollst das Abendessen zubereiten.«

Sie zuckte zusammen. Alessio umarmte sie und zog sie freudig mit sich. Sie schob ihn sanft zurück.

»Ich komme schon«, sagte sie. »Ich komme.«

»Was habe ich dir denn getan, Tante Nicoli'?«

»Nichts. Aber lass mich in Ruhe. Ich komme ja schon.«

Sie würde es nicht mehr wagen, ihre Lippen auf die reine Stirn der unschuldigen Kinder zu drücken. Der Kuss hatte für immer seine Süße verloren.

Sie ging hinunter, wobei sie sich mechanisch die Bänder der dunklen Schürze festband.

Das Zimmer, in sanftes Lampenlicht getaucht, schien erfüllt mit heimeligem Frieden. Alessio und Carmelina schnitten Figuren aus einem alten Buch aus. Don Lucio, der damit beschäftigt war, etwas in ein Geschäftsbuch einzutragen, blickte nicht auf, als er ihren Schritt hörte.

Sie ging in die Küche. Dort öffnete sie die Tischschublade und nahm das Tischtuch heraus.

Ist es möglich!, dachte sie angstvoll. Ist es möglich, dass alles so ist wie *früher*?

Und sie sagte wie gewohnt zu Carmelina:

»Hilf mir beim Aufdecken …«

Aber sogleich zuckte sie zusammen, als sie ihre eigene Stimme hörte, die in der Stille und in dem Schweigen dieses Zimmers ruhig und friedlich klang wie früher.

II

ALESSIO war mit seinen Schulaufgaben fertig und stapelte Bücher und Hefte auf dem kleinen Tisch, der am Fußende von Nicolinas Bett stand. Er trällerte vor sich hin.

»Io ti seguìa com'iride di pace …«

Plötzlich brach er ab.

»Tante Nicoli', bist du schon einmal im Theater gewesen?«, fragte er und schloss die Schublade.

»Noch nie.«

Er begann wieder zu singen, hielt aber erneut inne.

»Weißt du, Tante Nicoli', ein Freund hat mich in seine Loge eingeladen, um *Manon* zu hören. Was für eine einmalige Gelegenheit …«

Nicolina ließ die Handarbeit sinken und blickte seufzend zum runden Fenster hinaus.

»In der Tat«, meinte sie, »da musst du um Erlaubnis bitten.«

»Das ist völlig nutzlos«, rief Alessio aus.

»Sag das nicht ... Wenn du einen günstigen Moment abpasst ...«

»Es ist nutzlos«, erwiderte der Junge bitter. »Und selbst wenn er es gestatten würde! Wie viel Hin und Her, wie viel Angst und Bangen würde es geben, bis ich meinem Freund endlich sagen könnte: Ich komme mit. Und dann ... Du und Mama, ihr bekämt keinen Schlaf, und er würde verärgert warten. Nein, nein ... Glaubst du wirklich, man kann noch von Vergnügen reden, wenn man es hastig schlucken muss? Nein und noch mal nein. Ein Vergnügen muss man heiter und unbeschwert genießen ... Deshalb«, fügte er nach einer Pause ruhiger hinzu, »deshalb habe ich meinem Freund gesagt, dass ich auch diesmal nicht mitkomme.«

»Vielleicht ist es besser so«, sagte Nicolina beruhigt.

»Es ist nicht besser«, widersprach Alessio, von Neuem aufgebracht. »Jedenfalls ist es für mich nicht besser. Ich kann nicht so leben wie du, wie Mama oder Carmelina ... Ihr seid alle Frauen. Eine Handarbeit oder die Sonntagsmesse genügen euch als Abwechslung. Ich denke an so viele Dinge ... Ich möchte so viele Dinge ... Manchmal dreht sich mir der Kopf, so groß ist meine Begeisterung … Nein, es hat keinen Sinn. Du wirst mich nie verstehen!«

»Man soll nicht klagen … vor allem nicht über den Vater, der uns das Leben gegeben hat!«

»Was hat er damit zu tun? Ich beklage mich nicht. Wer hat denn überhaupt von ihm geredet? Bringe ich ihm etwa zu wenig Respekt entgegen? Was also hat er damit zu tun? Ist es meine Schuld, dass ich nicht glücklich bin? Aber du kannst mich nicht verstehen. Du und Mama, ihr habt euch angepasst, wie die Schnecken, die eine ihrem Haus entsprechende Form annehmen …«

»Aber Alessio!«, rief Nicolina vorwurfsvoll aus. »Du bist noch ein Kind und glaubst, du kannst die Erwachsenen beurteilen, nur weil du ein bisschen Latein gelernt hast! Werde lieber groß, ohne so viele Fantastereien.«

Sie meinte, es sei ihre Pflicht, ihn zu ermahnen.

»Natürlich!«, sagte Alessio und bemühte sich zu lächeln, denn er fühlte, wie ihm die Tränen in die Augen traten. »Natürlich, erwachsen werden, damit auch ich eines schönen Tages der Verwalter irgendeines großen Herrn werde.«

»Ist das etwa kein ehrenwerter Beruf?«

»Wer sagt denn, dass er nicht ehrenwert ist? Im Gegenteil. ›Lodern zum Himmel seh' ich die Flammen …‹«

»Und außerdem«, unterbrach ihn Nicolina, »stimmt es nicht, dass du Verwalter wirst. Oder kennst du etwa die Pläne deines Vaters?«

»Ich kenne sie. Ich weiß davon. Deshalb bin ich ja so verzweifelt. Ingenieur! *Alessio Gaspare Carmine, Ingenieur.* Wie das klingt! Oder: *Carmine, Alessio. Ingenieur.* Oh, ich habe andere Dinge im Sinn. Wenn du wüsstest, wie ich leide, sobald ich daran denke, dass ich dieses verfluchte Studium absolvieren muss …«

»Aber beruhige dich doch. Warum redest du dich so in Rage? Das Studium ist noch weit weg! Und über die Zeit sind wir sowieso nicht Herr …«

Und Nicolina senkte den Kopf und wagte nicht, dem Neffen weiter Vorwürfe zu machen.

Natürlich, Jungen sind anders als Mädchen! Sie beginnen schon früh, mit den Flügeln zu schlagen! Dem armen Jungen erging es wirklich wie einem Vogel, der in einem Eisenkäfig versuchen wollte zu fliegen … Wer weiß denn, welche Gedanken in seinem Kopf umgehen! Wer kann ihm in seinen Fantastereien folgen? Seine Augen, die sanft und scheu waren wie die einer jungen Gams, blickten schon in eine Ferne, in die Frauen gar nicht zu schauen wagten.

Alessio war in die kleine Kammer neben Nicolinas Zimmer gegangen, um sich anzuziehen. Er trällerte leise vor sich hin und schien wieder in guter Stimmung zu sein.

Vieles hatte er nicht gesagt. Viele Dinge, die zu fragen ihm die Kühnheit fehlte und die seine Freude am Leben vergifteten. Niemand in diesem Haus war aufrichtig. Es wäre schön gewesen, Tante Nicolina offen sagen zu können:

»Tante, du darfst hier nicht bleiben. Such dir eine Zuflucht, und sei es in einem Kloster, aber tu dir selbst und Mama nicht länger weh mit diesem Zwist, diesem schwelenden Feuer, das wir nicht zu löschen vermögen …«

Was hätte Tante Nicolina geantwortet? Er hatte sie ja trotz allem sehr gern.

Tante Nicolina hatte ihn wie die Mutter in den Armen gewiegt, sie hatte ihn wie die Mutter auf dem Schoß gehalten, sie hatte ihm mit ihrer rauen und leichten Hand begütigend die Tränen getrocknet, wenn der Vater ihn wegen irgendeines ungebührlichen Betragens geschlagen hatte …

Wie oft hatte Tante Nicolina ihn in die Arme genommen, war die Treppe bis ganz oben hinaufgeeilt und hatte sich in das kleine Zimmer geflüchtet – diese Kabine eines Dampfschiffes! –, und dort hatten sie beide mucksmäuschenstill eng beieinandergesessen und durch das runde Fenster mit tränenverschleiertem Blick zugeschaut, wie sich die Dächer rot färbten und sich graue und rosafarbene Wolken rasch am Himmel abwechselten! Was für süße und traurige Stunden! Die gleichen

Gefühle und Gedanken hatten sie in der von Bitterkeit, Mutlosigkeit und Furcht erfüllten Stille bewegt.

O ja, er liebte diese arme schmächtige Tante mit den dunklen ovalen Augen, die auch im Zorn immer einen Ausdruck der Bestürzung behielten. Er hatte Mitleid mit ihr. Er hatte Mitleid mit seiner Mutter. Grenzenloses, peinigendes Mitleid, das sein frisches jugendliches Gemüt beschwerte.

Er war noch ein Kind gewesen, als er begriff, dass »etwas« sehr Schlimmes und sehr Hässliches dieses Haus, das so voller Frieden zu sein schien, überschattete. Er hatte begriffen, dass eine unüberwindliche, dumpfe Feindseligkeit die beiden Schwestern entzweite. Ein zufällig aufgefangenes Wort, ein heftiger Streit, den er, indem er sich schlafend stellte, mitangehört hatte, ein Blick, eine Liebkosung, die er nie wieder vergessen konnte und die ihn schaudern ließ, hatten ihn auch die Ursache für die Zwietracht erkennen lassen. Und trotz allem hörte er nicht auf, seine Tante zu lieben. Manchmal zog er sich von ihr zurück. Dann blieb er zwar im selben Zimmer (sie war mit ihrer Handarbeit beschäftigt, er tat so, als läse er, die Augen auf ein und dieselbe Seite geheftet), richtete aber kein Wort an sie, weil ihn eine Erinnerung, ein Zweifel quälte. Selbst in diesen Momenten empfand er jedoch Mitleid mit ihr.

»›Lodern zum Himmel …‹ Weißt du, Tante Nicoli', heute ist ein neuer Lehrer gekommen. Er hat zu mir gesagt: ›Nanu! Alessio Carmine! Bist du der Sohn von Don Lucio? Ihr hattet doch eine Tante bei euch, Nicolina Restivo …‹ ›Die ist immer noch da‹, habe ich geantwortet. ›Die ist immer noch da?‹, hat er verwundert ausgerufen. ›Hat sie nicht geheiratet?‹ Das ist der Lehrer Casafulli. Er ist aus deinem Dorf. Kannte er dich?«

»Ja, er kannte mich … Warum lachst du?«

»Nur so … Wenn du wüsstest, wie komisch er ist! Er hat einen Bauch!«

»Lebt er allein?«

»Ach, du Gute, nein, natürlich nicht, sondern mit seiner Familie. Es hat doch jeder seine Familie, wenn er so alt ist. Er hat auch ein Kind, das ist blond wie ein Maiskolben.«

Nicolina runzelte die Stirn. Es stimmt ja, jeder hat seine Familie. Aber die Männer sind alle Egoisten. Sogar ihr guter Vater … Und er … aus den Augen, aus dem Sinn … Warum hat er sich nie gemeldet und sich nicht ein einziges Mal nach ihr erkundigt?

Was warf ihre Schwester ihr denn vor?

Sie hatte niemandem etwas Böses getan. Verlassen von den Menschen, die ihr am meisten bedeuteten, war sie in diesem Haus gealtert wie eine treue Dienerin. Wem anders hatte sie wehgetan als sich selbst? Wen anders hatte sie betrogen als sich selbst? Es war, als hätte sie in eine faule Frucht gebissen und danach einen bitteren Geschmack im Mund zurückbehalten.

Alessio nahm seine Bücher.

»Ich gehe. Salve, Tante Nicolina, *puella sedula …*«

»Ich komme mit. Warum sagst du *salve*?«

»Das ist der Gruß der Lateiner. Man sagt auch *ave*.«

»Mit den Worten der Heiligen scherzt man nicht! Das ist Sünde!«, ermahnte Nicolina. »Du bist wirklich zu respektlos.«

Sie eilten zusammen fast im Laufschritt die Treppe hinunter.

»Was machst du mit mir!«, sagte Nicolina lachend und ließ sich mitziehen. »Als ob ich noch so jung wäre wie du!«

Antonietta war mit den Mädchen unten im Haus.

»Segnen Sie mich, Mama!«, sagte Alessio, während Nicolina auf die Terrasse hinaustrat, um Wäsche aufzuhängen. »Ich muss in die Schule.«

»Gesegnet seist du, mein Sohn. Hast du den Schirm mit?«

»Nein, draußen scheint doch die Sonne.«

»Ich sehe da hinten Wolken, die sind gar nicht so klein … und die Schule ist weit.«

»Weit ist übertrieben!«

Der Junge zögerte. Bevor er wegging, hatte er immer das Bedürfnis, seiner Mutter ein gutes Wort zum Abschied zu sagen, aber ihm fiel nichts ein, was er ihr hätte sagen können. Wie sehr wünschte er, dass alle in Frieden miteinander lebten!

»Gehen Sie doch auf die Terrasse!«, rief er aus. »Bringen Sie Agatina ein bisschen an die frische Luft. Sie kommt so wenig ins Freie! Und heute ist ein so schöner Tag!«

Beim Hinausgehen schlug er die Tür hinter sich zu, damit ein Laut zu hören war und das viel zu stille Haus ein wenig aufgerüttelt würde. Auf den Treppen sang er aus voller Kehle und nahm mit großen Sätzen immer mehrere Stufen auf einmal. Und dann war ihm, als schwinge er sich hinaus aus der Gasse mitten auf die Straße, die voller Sonne und Betriebsamkeit war.

»Da kommt Papa!«, verkündete Agata.

Antonietta stand auf und ging in die Küche, um zu helfen. Wenn Don Lucio im Hause war, bemühten sich die beiden Frauen, nicht allzu offen jenen Hass zu zeigen, den sie füreinander empfanden, mit dem zu leben sie jedoch gezwungen waren wie zwei Scheren in demselben Futteral.

Antonietta hatte nach ihrer Genesung heftige Szenen gemacht. Aber Don Lucio hatte alle Vorhaltungen mit zwei unanfechtbaren Einsprüchen entkräftet: zum einen, dass ganz allein Antonietta schuld daran sei, denn sie habe ihre Pflichten oft vernachlässigt, ihre jüngere Schwester nicht genügend überwacht – die mit ihrem sanften Getue selbst einen Mönch verführt hätte! – und sich mehr um ihre Kinder als um ihren Mann gekümmert, zum anderen, dass er, Don Lucio, mit seinem kranken Herzen ständig in Lebensgefahr schwebe und absolute Ruhe und Entspannung brauche. Die Streitereien der beiden Schwestern und die Szenen seiner Frau würden ihm das Leben zur Hölle machen! Außerdem hatten die Nöte der kleinen Familie in Sant'Agata, für die sie bald um dies, bald um jenes bitten musste, dazu beigetragen, dass Antonietta in Gegenwart ihres Mannes schnell verstummte. Antonio musste wegen einer staatlichen Prüfung in die Stadt kommen, Alfonso, um das Examen für die Mittlere Reife abzulegen, das verbliebene Land war mit einer Hypothek belastet worden... Und Don Lucio war immer da, war bereit, die beiden Schwager aufzunehmen, der Schwiegermutter wertvolle Ratschläge zu erteilen und sogar beträchtliche Summen zu leihen, ohne Bürgschaft... Hatte er also nicht das Recht, dafür wenigstens mit ein wenig Frieden in der Familie belohnt zu werden?

Carmelina hatte den Tisch gedeckt, langsam, um Zeit zu gewinnen, und Nicolina hatte zweimal den Kopf zur Tür hereingesteckt, um einen Blick auf den Platz des Schwagers zu werfen. Nichts fehlte: sein Salzstreuer, das Fässchen mit den Zahnstochern, der kleine Teller mit Salami auf der einen Seite und mit Roggenbrötchen auf der anderen – alles war da.

»Seid ihr so weit?«

»Aber ja. Gleich wird aufgetragen.«

Wenn nur Alessio nicht wieder Grund zur Sorge gäbe! Nicolina schlug vor:

»Soll ich noch warten?«

»Ja, das ist besser«, antwortete Antonietta, ohne sie anzublicken.

Carmelina ging auf die Treppe, um nachzuschauen. Sie kam betrübt zurück.

»Er ist nirgends zu sehen!«

Da ertönte die Stimme von Don Lucio, der seit einer Weile ungeduldig mit dem Messer gegen den Teller schlug.

»Also essen wir jetzt oder nicht? Auf wen wartet ihr? Was sind denn das für neue Sitten?«

Sie brachten das Essen sofort. Während Antonietta das Brot für die Mädchen brach, fragte Don Lucio, indem er mit dem Kopf auf den leeren Platz deutete:

»Wo ist er hingegangen?«

»Zur Schule …«

»Zur Schule!«, wiederholte Don Lucio spöttisch und blickte auf die schöne Uhr an der Wand.

Hastig und gereizt aßen sie die Suppe, ohne dass sie ihnen recht schmeckte. Während Don Lucio noch mit halb geschlossenen Augen langsam vor sich hin kaute, liefen die beiden Schwestern in die Küche unter dem Vorwand, den Braten zuzubereiten. Carmelina rutschte auf ihrem Stuhl hin und her und brannte darauf, aufzustehen und nach dem Bruder Ausschau zu halten. Sie horchte auf jedes Geräusch von der Treppe her. Da, jetzt kommt er … Nein, es ist die Tür der Witwe, die geöffnet wird, und dieser schwere Schritt auf dem Treppenabsatz, das ist jemand, der im zweiten Stock anklopft …

»Hörst du bald auf? Du lernst es wohl nie stillzusitzen!«, ermahnte sie Don Lucio und griff zur Peitsche, die in der Rückenlehne steckte. Carmelina kauerte sich zusammen, als sei sie bereits geschlagen worden.

Es klingelte. Das ist er!

In der Tat, das ist Alessio, rot im Gesicht und erhitzt. Er ist mit seinen Freunden am Strand gewesen, hat für seine Schwestern bunte Steinchen in seiner Tasche, Bonbons zum Verwechseln ähnlich, und zeigt Agata einige davon. Er ist noch verschwitzt und aufgeregt, fast als habe er noch Sonne in den glänzenden Augen …

»Still, Alessio. Leise«, flüsterte die Tante. »Papa ist zornig.«

Die Stimme des Vaters, der streng fragte: »Wo bist du gewesen?«, die Stille in dem kalten Esszimmer, die ängstlichen Gesichter der Frauen, alles machte ihn im Nu traurig.

Niedergeschlagen setzte er sich hin und fing begierig zu essen an. Aber die Stimme des Vaters rüttelte ihn auf, indem dieser, ein Stück hellbraunen duftenden Braten auf der Gabel, ihn wieder fragte:

»Wo warst du genau?«

»Wir sind den weiten Weg zurückgegangen über die Palazzata.«

»Weißt du nicht, dass du Punkt fünf Uhr hier sein sollst?«

Die Mädchen waren schon eine Zeit lang mit dem Essen fertig. Sie warteten ungeduldig darauf, aufstehen zu dürfen, um die Steinchen anzusehen, die Alessio zusammen mit einigen wohlriechenden Algenfäden und noch feuchten Napfschnecken in der Tasche trug. Sie sahen den Vater in Erwartung des Zeichens zum Aufstehen verstohlen an, glücklich, dass der Vater Alessio nicht so streng ausgeschimpft hatte, wie sie befürchtet hatten. Agata ließ sich als Erste behutsam von dem hohen Stuhl gleiten und winkte an der Tür die Geschwister herbei. Carmelina fasste Mut und fragte:

»Können wir gehen, Papa?«

»Geht nur. Aber denkt daran, dass um acht, wenn ich euch rufe, die Aufgaben fertig sein müssen.«

Die Mädchen atmeten auf. Nur fort von hier und die Holztreppe hinauf, die, wie Alessio immer sagte, vor Freude, von den Kindern geliebt zu werden, laut knarrte. Fort in die oberen Zimmer, ihre Zuflucht für die ersten kleinen Enttäuschungen, für die lauten Spiele und für unbeschwertes Lachen …

»Lauf, Agatina … Das ist unsere Burg! Alessio! Was hast du?«

Alessio folgte ihnen nur langsam und lustlos.

Antonietta hatte den Matratzen die Wolle entnommen und fing gerade an, sie auszuklopfen. Nicolina kam herein, um ihr zu helfen, als wäre sie gerufen worden. Schweigend band sie sich ein Tuch um den Kopf und begann, ebenfalls mit einer Rute zu schlagen. Es schien, als hätten sie vorher ihre Aufgaben genau miteinander abgesprochen. Nach dem Ausschlagen erhoben sie sich gleichzeitig, schüttelten den Staub und die noch an ihren schwarzen Schürzen haftenden Fäden ab und gingen daran, den weiß-roten Matratzenbezug, der wie ein fleckiges Tuch schlaff in einer Ecke lag, wieder zu füllen. Sie beeilten sich, denn sie wollten fertig sein, bevor Don Lucio zurückkehrte, der das Haus stets in Ordnung und die Frauen sauber vorzufinden wünschte. Antonietta füllte den auf zwei Bretten ausgebreiteten Bezug mit der Wolle, die Nicolina in großen Ballen brachte. Sie war schon müde. Etwas füllig und schwerfällig, wie sie war, keuchte sie vor Anstrengung. Nicolina lief und kam mit den Armen voll Wolle zurück, ohne Atempause. Sie behielt sich immer die anstrengendsten Arbeiten vor und schonte die Schwester unwillkürlich, wie sie es seit so vielen Jahren gewohnt war. Sie fegte die übrig gebliebenen Wollflocken beiseite und leerte die nächste Matratze aus. Dann nahm sie Nadel und Faden, und wie auf Verabredung fing sie schweigend an, den langen Schlitz der frisch gefüllten zuzunähen. Gegenüber hatte die Schwester mit dem anderen begonnen.

»Nimm doch den Schemel«, sagte Antonietta, die im Aufblicken sah, wie mühsam sich die Schwester bückte. »Er steht auf dem Balkon. Ich sitze doch auch.«

Auf dem Schemel lag das Spielzeug der Kleinsten.

»Agatina«, sagte Nicolina auf dem Weg zum Balkon, »nimm die Sachen runter und gib mir den Schemel.«

»Das ist meiner«, antwortete das Kind. »Ich geb ihn dir nicht.«

»Wie unfreundlich!«, rief Alessio im Hereinkommen. »Du sollst ihn ihr ja nicht schenken! Wenn doch keine anderen Stühle da sind ...«

»Ganz egal«, antwortete das kleine Mädchen und stützte sich mit beiden Händen auf den Schemel, um ihn zu verteidigen. Dann schrie sie: »Sie hat mir nichts zu sagen. Das ist Mamas Haus! Das ist nicht ihr Haus!«

Nicolina schwankte. Antonietta wurde blass und stand auf, packte das Kind am Arm und zog es hinaus, ins andere Zimmer.

»Das hat Mama selbst gesagt! Das hat sie!«, brüllte Agatina und versuchte, sich loszureißen.

»Alessio!«, befahl Antonietta. »Nimm sie mit nach oben.«

Sie kehrte an ihren Platz zurück. Aber ihre Hände zitterten sichtlich, als sie die unterbrochene Arbeit wieder aufnahm. Nicolina stand noch wie vorher mit hängenden Armen auf dem Balkon.

»Da siehst du es«, sagte sie beim Hereinkommen, »was du erreichst, wenn du die Kinder zu Zeugen deiner Ausbrüche machst. Sie wiederholen deine Worte. Ich bin eine Fremde, eine Feindin in *deinem* Haus. Besonders für die Mädchen, besonders für die Kleine ... Sie ist in unseren Streitereien aufgewachsen wie in einer Wiege aus Dornen.«

Sie verbarg ihr Gesicht in den Händen und schwieg.

Antonietta nähte.

Das Zimmer füllte sich mit einer abgründigen Stille, und bittere, nicht ausgesprochene Worte gingen hin und her.

Die Herzen der beiden Frauen schlugen heftig wie die von zwei Kindern, die nach dem Blitz auf das Dröhnen des Donners warten.

»Es stimmt ja«, sagte Antonietta schließlich. »Aber ist das vielleicht meine Schuld? Du erregst mit deiner Gegenwart eben Anstoß bei meinen Kindern.«

»Still! Still! Alessio kann uns hören. Wenigstens er hat mich von klein auf gern …«

»Er ist oben. Mit Agata. Ich habe ihn hinaufgehen hören. Und außerdem … Glaubst du etwa, dass er nichts begreift? Kindern entgeht heutzutage nichts …«

»Still …«, wiederholte Nicolina und horchte.

Nein. Alessio konnte sie nicht hören …

Aber der Junge hatte dem Mädchen eine Zeitung gegeben, aus der es jetzt etwas ausschnitt, und war auf Zehenspitzen zurückgekehrt. Mit zugeschnürter Kehle und Tränen in den Augen lauschte er.

»Er ist nicht da …«, wiederholte Antonietta.

Auch sie saß nicht mehr. Trotz ihrer Erschöpfung starrten sich die beiden Schwestern an, forderten sich gegenseitig heraus. Es geschah selten, dass sie einander allein, von Angesicht zu Angesicht, gegenüberstanden. Dann genügte ein geringfügiger Anlass, ein unvorsichtig entschlüpftes Wort, eine kleine Geste, um ihren zu lange aufgestauten, in ihrem Innern schwelenden Hass ausbrechen zu lassen. Sie sprachen mit heiserer Stimme und ballten instinktiv die Fäuste.

Zwei wie mit einem Pinsel auf die hervorstehenden Wangenknochen gemalte Flecken glühten hochrot in Nicolinas olivbraunem Gesicht.

»O ja, es ist deine Schuld«, eröffnete Nicolina ihre Anklage. »Deine. Und niemandes sonst. Du hast mich ins Unglück gestürzt. Und jetzt willst du mich wegjagen? Aber ich gehe nicht. Bestimmt nicht. Ich habe es dir schon einmal gesagt. Aus diesem Haus bringst du mich lebend nicht hinaus. Meiner blühenden, sorglosen Jugend ist es hier nicht besser ergangen als einem zarten Schleier auf einer Dornenhecke: Sie ist zerfetzt worden. Du hast mich ins Unglück gestürzt. Du hast mich diesem Wolf zum Fraß vorgeworfen. Die Selbstsucht hat dich gefühllos gemacht, und so hast du mich tagelang allein gelassen, um ihn zu bedienen. Damals war es bequem für dich, dass ich für dich und deine Kinder die Dienerin gespielt habe. War es bequem oder nicht? Und nie hast du daran gedacht, dass ich genau wie du ein Wesen aus Fleisch und Blut bin. Warum hättest nur du ihn gernhaben sollen? Warum durfte ich *damals* nicht fühlen – denn jetzt tu ich das nicht mehr! jetzt nicht mehr! bestimmt nicht mehr! –, was du gefühlt hast? Und sogar stärker als du? Hast du nie daran gedacht? Und wenn du daran gedacht hast, warst du dann nicht unmenschlicher als die unmenschlichste Frau?«

»Ich hatte Vertrauen zu dir«, flüsterte Antonietta. »Du bist meine kleine Schwester. Du bist meine Nicolinedda … Daran aber habe ich nicht gedacht. Daran habe ich nie gedacht!«, wiederholte sie in einem Aufschrei des Schmerzes und presste beide Hände gegen die Stirn. »Wieso hätte ich fürchten sollen, dass meine eigene Schwester mich hintergeht? Wie hätte ich wissen sollen, dass ich eine Schlange an meinem Busen nähre? Dabei hätte ich dich nur genau anschauen müssen. Dann hätte ich gesehen, dass du nicht das Gesicht eines guten Menschen hattest. Sieh dich doch nur an! Sieh dich im Spiegel an, du Unglückselige! Dein Gesicht verrät die Sünde! Es ist das knochige, fahle Gesicht eines Menschen, der das eigene Blut verrät …«

»Deine Schuld ist es!«

»Meine? Wenn du *damals* bloß gleich gegangen wärst …«

»Deine!«

»… die Kinder waren da auch noch klein …«

»O nein, ich konnte damals nicht gehen. Ich konnte dieses gottverfluchte Haus nicht verlassen.

Ich wäre wie ein Körper ohne Seele gewesen. Was für eine Idee! Als ob ich ein alter, abgenutzter Lappen wäre, der ausgedient hat! Eine ausgepresste Zitrone, die man mitten auf die Straße wirft! Meine Mutter hatte mich dir anvertraut. Hätte ich, die niemandem etwas vorspielen kann, so erniedrigt zu ihr zurückkehren sollen … alt und ohne je ein eigenes Leben gelebt zu haben? Sie hätte mich mit ihren armen, vom Weinen müden Augen angeschaut und noch mehr heiße Tränen vergossen. Und die Brüder? Wie hätten sie mich aufgenommen? Und Caterina? Caterina weiß um das Böse nicht und hat kein Mitleid mit Gescheiterten.«

»Geh doch jetzt! Geh! Es ist nie zu spät! … Sie werden nichts erfahren, und du wirst schweigen. Es hängt von dir ab. Lass mich in Frieden leben, wenigstens jetzt!«, wiederholte Antonietta bekümmert. »Hab doch Mitleid – nicht mit mir, aber mit meinen Kindern. Ich an deiner Stelle wäre schon tausendmal geflohen, davongelaufen. Du hast die Mädchen gern, und doch hast du keine Bedenken, ihren unschuldigen Seelen diese Anstößigkeit zuzumuten …«

»Sie würden gar nichts davon verstehen, wenn du Unselige dich nicht darüber verbreiten würdest … Du hast dich sogar bei Carmelina über mich ausgelassen. Nein!«, begann sie wieder, »ich gehe nicht. Du willst in *deinem* Haus mit *deinen* Kindern in Ruhe leben! Aber daraus wird nichts! Du wirst die Ketten zusammen mit mir herumschleppen. Wie Lazarus an der Tafel des reichen Prassers habe ich die Krumen deines Wohlstands aufgesammelt. Und jetzt willst du mich wegschicken, um deine Ruhe zu haben? Mit welchem Recht verlangst du Ruhe und Frieden? Ist es nicht schon genug, dass ich, die ich ihn *damals* in gänzlicher Unerfahrenheit angebetet habe, die ich ihm mit mehr Hingabe gedient habe als du …«

Sie hielt inne und blickte verwirrt um sich. Man hörte, wie sich der Schlüssel im Schloss drehte. Es musste halb fünf sein.

Alessio verschwand. Die beiden Schwestern versuchten, mit kalten, zitternden Händen ihre Näharbeit wieder aufzunehmen. Und wie sich das Wasser eines aufgewühlten Sees ganz allmählich wieder glättet, so breitete sich im Haus wieder Schweigen aus.

Don Lucio erschien, ganz in Grün gekleidet in der Tür.

»Seid ihr noch hier?«, brummte er unzufrieden.

Antonietta lief in die Küche. Nicolina stellte die Pantoffeln vor den Sessel des Schwagers. Dann entschloss auch sie sich, in die Küche zu gehen.

Alessio hatte sich in die kleine, bereits schummrige Kammer geflüchtet. Den Kopf in den

Händen, weinte er bitterlich. Sein kleines Herz war voller Mitleid für die Mutter, voller Mitleid für die Tante. Zweimal war er nahe daran gewesen, einzutreten und mit guten Worten Frieden zwischen den beiden Schwestern zu stiften. Aber er hatte es nicht gewagt. Seine Gegenwart hätte der einen wie der anderen nur neue und stärkere Pein verursacht.

Er durfte sich nicht einmischen. Er war noch ein Kind, ein bedauernswertes Kind, das von solchen Dingen nichts zu verstehen hatte und dem es nicht zustand, »die Erwachsenen« zu beurteilen. Er war tief bestürzt und betrübt. Es schien, als wäre die Welt plötzlich farblos geworden, als hätten sich jede Hoffnung und alles Schöne in grenzenlose Traurigkeit aufgelöst.

Die seltenen Szenen, deren heimlicher Zeuge er geworden war, vergaß er nie. Noch in den heitersten Stunden trübte ein sehr feiner, nicht weichender Hauch von Melancholie sein jugendliches Gemüt.

Es gab da etwas, o ja, ohne Frage gab es da etwas, das sein Leben unschön machte! Das war wie ein Fleck, der sich nicht wegwischen lässt.

»Alessio! Komm zu Tisch!«

Er raffte sich aus seiner Verwirrung auf und wusch sich das Gesicht, um die Spuren der Tränen zu tilgen.

Nachdem er sich auf seinen Platz gesetzt hatte, aß er schweigend und lustlos. Seine Augen waren gerötet, und einige feine Haarsträhnen klebten noch feucht an seinen durchscheinenden Schläfen. Aber Don Lucio, der selbstvergessen in sein langsames Kauen verfiel, schenkte seinem Sohn keine Beachtung. Auch die beiden Schwestern, die noch etwas erregt waren, achteten nicht auf Alessio.

Im Haus wurden unter Kenntnis und Anleitung von Don Lucio die Würste zubereitet.

Er verwahrte den Fleischwolf und ein Stück Korken, das mit zwanzig oder mehr Nadeln gespickt war, um die Würste ganz gleichmäßig anzustechen. So brauchte man im Dezember, wenn die Zeit des Wurstmachens kam, nicht erst nach kleinen Nadeln zu suchen oder ungeeignete große zu nehmen, die alles durchlöchern und verderben, wie es in so vielen Häusern geschieht.

Er hatte das Salz, den Pfeffer, den wilden Fenchel eigenhändig dosiert und abgewogen, und jetzt, wo die Masse fertig war und die Frauen sie in die Därme einfüllten, machte er penibel und achtsam mit seinem Korken die Einstiche, wie es sich gehörte. Auch die beiden Mädchen halfen mit, aus Freude über diese Abwechslung. Die Festtage schienen schon angebrochen zu sein. So ist es immer, wenn Weihnachten naht und der Küchenschrank sich mit Vorräten füllt.

Nur Alessio fehlte. Er war den letzten Tag in der Schule und ließ wie üblich auf sich warten.

Wenn Tante Nicolina ihn gesehen hätte! Er trödelte herum, fast ohne es zu merken und aus purem Vergnügen. Es gefiel ihm, sich von der Menge auf der belebten Straße forttragen zu lassen, als wäre er ein Strohhalm, der von der Strömung eines Flusses erfasst wurde. Dann wieder blieb er stehen, um Berge von Spielzeug anzusehen, das ihn aber nicht wirklich interessierte, oder gebannt zwei Männer zu beobachten, die ein Plakat anklebten, das groß wie ein Betttuch war. Weiter vorn mischte er sich in ein dichtes Menschengedränge, um zu erfahren, was dort passiert war. Schließlich betrachtete er eine Zeit lang gedankenverloren eine Auslage mit antiquarischen Büchern. Er wollte *Das Leben berühmter Männer* kaufen, aber er hatte nicht die fünfzehn Soldi, die der Verkäufer dafür verlangte.

»Ein anderes Mal …«, sagte er leicht verwirrt und ging weiter.

Als er in die Nähe des Hauses kam, beschleunigte er seinen Schritt. An der Straßenecke bewegte sich eine schwarz gekleidete Frau auf ihn zu. Ihr Gesicht war hager, zerfurcht und leidenschaftlich wie das einer Zigeunerin. Er wollte ihr ausweichen. Aber sie hielt ihn an.

»Bitte, haben Sie keine Angst vor einer armen Unglücklichen. Sind Sie nicht der Sohn von Don Lucio Carmine?«

»Ja.«

»Des Vertrauten vom Baron Rossi?«

»Des Sekretärs, meinen Sie?«

»Das macht keinen Unterschied. Hören Sie. Er, Ihr Papa, will mich nicht anhören. Ich habe ihn gebeten, wie man einen Heiligen am Altar bittet, und er hat mich weggejagt. Hören Sie mich an, bei der Liebe, die Sie Ihrer Mama schuldig sind! Vor drei Monaten habe ich ihm in dem Saal im Erdgeschoss der Casa de' Venti (dort wickelt er seine Geschäfte ab) die Kette meiner armen Tochter als Pfand übergeben. Es ist eine sehr alte und schöne Kette … Er wollte eine Bürgschaft … Er versprach mir, ich würde den Schmuck jederzeit wieder auslösen können, wenn ich das Geld hätte, und setzte mir keinerlei Frist. Ich habe ihm das Geld gebracht, elf Unzen im Ganzen! Lassen Sie sich das auf der Zunge zergehen! Da hat er mir geantwortet, dass er sich nur für zwei Monate verpflichtet habe und die Kette nicht mehr in seinem Besitz sei! Das habe ich noch immer nicht verwunden, junger Herr! Legen Sie ein gutes Wort für mich ein. Sie sehen aus wie der Sant'Antonio selbst, Ihr Herz kann nicht schlecht sein …«

»Aber ich verstehe das nicht. Mein Vater kann Ihnen doch kein Geld geliehen haben!«

»Hätte er es mir doch nie geliehen! Hätte ich mich lieber an einen Wucherer gewandt! Da wäre ich wenigstens nicht betrogen worden.«

»Das glaube ich Ihnen nicht.«

»Die Madonna soll mich auf der Stelle mit Blindheit strafen, wenn ich lüge! Wenn das nicht wahr ist, will ich das Heilige Christfest nicht mehr erleben!«

»Das kann nicht sein«, rief Alessio aus und wollte abermals weitergehen.

Aber die Frau ergriff seine Hand und sprach lange auf ihn ein, indem sie ihn mit vor Schmerz und Hass brennenden Augen bittend ansah.

»Ich werde es meinem Vater ausrichten«, sagte Alessio schließlich, ein wenig erschreckt von dem Zigeunerblick der Unbekannten. »Ich glaube nicht, dass er Ihnen Geld geliehen hat. Das glaube ich auf keinen Fall. Aber ich werde ihm Ihre Geschichte erzählen. Ja, auch auf die Gefahr hin, geschlagen zu werden, werde ich das tun. Wenn es stimmt«, flüsterte er unter Tränen, »werden Sie Ihre Kette zurückbekommen. Aber was soll ich ihm sagen, damit er weiß, worum es geht?«

»Oh, das wird er schon wissen! Sagen Sie ihm nur, Maria aus der Vicolo dei Tre Re. Die Halskette kann man nicht verwechseln, sie ist alt und hat ein goldenes Kreuz, in das rote Steine eingearbeitet sind. So rot wie Blutstropfen. Er wird es schon wissen. Und wie er es wissen wird!«

Alessio rannte die Treppe hinauf. Er wurde ausgeschimpft.

»Wo bist du gewesen, ganz genau?«

Er achtete nicht auf die Vorwürfe. Später erinnerte er sich nicht, was er geantwortet hatte, um sich zu rechtfertigen. Er war wie betäubt. In seinem Kopf wirbelten die Worte der Frau durcheinander. Er dachte nur: Wie kann ich es ihm sagen? Wie kann ich es ihm sagen?

Doch als seine Augen Don Lucios schläfrigen, ruhigen Blick trafen, fuhr er zusammen und schaute sofort nach unten.

Es kann nicht wahr sein!, sagte er sich. Es kann einfach nicht wahr sein. Und ich finde nicht den Mut, etwas zu sagen.

Er kämpfte den ganzen Abend lang wie ein Mann mit sich, musste aber ins Bett gehen, ohne über den Fall gesprochen zu haben.

»Gute Nacht. Segnen Sie mich … Segnen Sie mich …«

Am nächsten Morgen atmete er auf, als der Vater wegen seiner Geschäfte das Haus verließ. Dann wartete er ungeduldig auf seine Rückkehr. Wieder wurde es Abend, und er hatte immer noch nichts gesagt. Nicolina zündete die Lampe an. Antonietta legte die Aktentasche mit den Papieren auf den Tisch … Das Haus war voller Frieden.

Nur ich, nur ich, dachte Alessio, habe diesen Aufruhr in meinem Innern.

Er musste reden, musste diesen brennenden Schmerz loswerden. Vielleicht sollte er sich Rat bei der Mutter holen.

Er wird mir nie verzeihen, dass ich den Anklagen einer Frau auf der Straße Glauben geschenkt habe.

Aber im Grunde genügte es ja, die Dinge zu schildern, wie sie waren, und zu zeigen, dass er kein Wort geglaubt hatte.

»Papa!«, hob er entschlossen an. Doch seine Stimme brach ihm in einem Schluchzen.

»Warte mal einen Moment«, sagte Don Lucio, legte die Pfeife zur Seite und erhob sich.

»Er holt das Geschenk!«, flüsterte Carmelina und errötete vor Freude. »Er hat es mir gestern versprochen.«

Don Lucio kam mit einer kleinen Tüte zurück. Ganz langsam öffnete er sie, um die Neugier der Frauen noch zu steigern.

»Wie schön!«, rief Antonietta aus.

»Wie schön!«, wiederholte Nicolina.

Alessio stand auf, um etwas sehen zu können, und wurde wachsbleich.

»Nein! Nein!«, rief er und begann, heftig zu zittern. »Geben Sie sie ihr nicht, Papa! Ich flehe Sie an!«

Don Lucio hielt in seinen Händen eine feine alte Goldkette mit goldenem Kreuz, in das rote Steine eingelassen waren.

»Geht es dir nicht gut?«, fragte Nicolina und zwang ihn, sich hinzusetzen.

Aber Alessio sprang voller Entschlossenheit wieder auf.

»Nein! Geben Sie sie ihr nicht!«

Er zitterte am ganzen Körper, erschöpft von der Erregung, die er vierundzwanzig Stunden lang zurückgehalten hatte.

»Schluss jetzt!«, schrie Don Lucio und schlug drohend mit der Faust auf den Tisch. »Willst du endlich sagen, was du hast?«

»Erschreck ihn nicht«, bat Antonietta. »Er ist sicher krank. Siehst du nicht, dass er ganz durcheinander ist?«

»Wenn er krank ist, braucht er einen Doktor. Wenn er verrückt ist, soll er ins Irrenhaus gehen.«

»Ich bin nicht krank, und ich bin auch nicht verrückt«, rief Alessio aus. Und mit gebrochener Stimme erzählte er das Erlebnis vom Vortag, ohne ein Wort auszulassen, denn jedes einzelne Wort hatte sich ihm tief eingeprägt.

Don Lucio hörte mit unbewegtem Gesicht zu, ohne ihn zu unterbrechen. Er musste ihn alles sagen lassen, durfte ihn nicht argwöhnisch machen …

Ja, dieser Junge, der allem nachforschte und alles entdeckte, war wie ein kleiner Richter, vor dem er auf der Hut sein müsste.

Don Lucio überwand sich, strich dem Sohn über das Haar und erklärte ihm und den Frauen, dass er die Kette in einem Antiquitätengeschäft gekauft und sie sehr teuer bezahlt habe.

»Maria aus der Vicolo dei Tre Re ...«

»Ja, Maria aus der Gasse. Ich kenne sie. Früher diente sie im Haus des Notars. Daher kenne ich sie. Sie hat gesehen, wie ich die Halskette gekauft habe, und will mich jetzt erpressen. Sie ist eine Diebin, eine Betrügerin, und sie hat schon mit dem Gericht zu tun gehabt. Die Stadt ist voll von solchen Leuten. Sie hat sich an dich gewandt, weil du ein Junge bist und sie dir noch leicht einen Bären aufbinden kann ... Mir aber macht man nichts vor, denn ich muss mich um über dreißig Wohnungen kümmern, die an finstere Gestalten wie diese Maria aus der Vicolo dei Tre Re vermietet sind ... Was ich alles zu sehen bekomme! Deshalb habe ich dir ja immer geraten: Bleib nicht stehen und rede nicht mit Leuten, die wir nicht kennen!«

Er sprach mit fast geschlossenem Mund, um seinen Zorn zurückzuhalten. Alessio saß da und sank immer mehr in sich zusammen. Ihm dröhnten die Ohren. Irgendwann begriff er gar nichts mehr und wurde wie ein kleines Kind ins Bett gebracht. Fieber hatte ihn gepackt.

»Nervenfieber«, behauptete Don Lucio, der am nächsten Tag hinaufging, um nach ihm zu sehen. »Er wird noch lernen, wie man das Leben meistert.«

Die zwei Tage, die der Fieberanfall dauerte, blieb er am Bett des kranken Jungen. Er wartete darauf, dass diesem irgendetwas entschlüpfte, was er bisher verschwiegen hatte.

Alessio wusste nichts anderes als diese dumme kleine Geschichte von der Halskette. Dies immerhin beruhigte Don Lucio. Das unterschwellige Misstrauen, das sein Sohn ihm einflößte, konnte er jedoch nicht überwinden, war Alessio doch der Einzige, der sich seiner strengen Überwachung entzog.

Der Schmuck verschwand im Ebenholzkästchen, und Carmelina weinte über das verlorene Geschenk. Auch die Aktentasche verschwand von dem Regal am Balkon. Don Lucio erhob sich nun abends und holte sie aus einer verschlossenen Schublade.

Alessio ging nach den freudlosen Weihnachtstagen, vom Fieber geschwächt, wieder in die Schule und begegnete keinen lästigen Personen mehr.

Er war beschämt, die Geschichte geglaubt zu haben, und doch quälte ihn ein kleiner hartnäckiger Zweifel noch eine ganze Zeit lang.

Besonders in der Abenddämmerung hatte er Angst davor, der schwarz gekleideten Frau mit dem Zigeunergesicht zu begegnen. Bestimmt wartete sie dort auf ihn – dicht an die Fassade gedrängt, mit ihren brennenden schwarzen Augen, bittend, doch voller Hass.

Aber sein Vater hatte nicht gelogen. Alessio sah noch genau vor sich, wie er an jenem Abend gewesen war: ruhig, überzeugend, ein wenig gekränkt, ein wenig nachsichtig ... Er konnte nicht gelogen haben.

Aber wo war die Kette geblieben? Warum sollte Carmelina sie nicht haben, wenn sie gekauft worden war?

Die bloße Erinnerung an das Kreuz aus altem Gold, in das rote Steine eingearbeitet waren – rot wie Blutstropfen waren sie –, flößte ihm Schrecken ein.

Don Lucio machte seine übliche jährliche Reise, um die Geschäfte des Barons zu regeln. Und dann musste er noch nach Catania, um seine verheirateten Schwestern zu besuchen, die ihn nur mit Vorräten und Geschenken beladen wieder gehen ließen. Seit er sich vergewissert hatte, dass die Schwestern ihm nicht zur Last fallen würden, erinnerte er sich jedes Jahr recht liebevoll an sie.

»Ja, ja!«, sagte er dann stets, in der Überzeugung, aufrichtig bewegt zu sein. »Ja, Blut ist eben doch dicker als Wasser!«

Und während er das sagte, strengte er sich an, die vielen Konserven, Früchte und den Zitronenkuchen, die ihm die Schwestern für die unbekannten Nichten mitgaben, in Koffer und Taschen zu verstauen. In solchen Augenblicken vergaßen auch sie, dass ihr einziger Bruder sie in der Zeit, als sie Waisen geworden waren und vor dem Nichts standen, allein gelassen hatte …

Alles war bereit für die Abreise. Die Mädchen waren nicht zu den Nonnen in die Schule geschickt worden, um dem Vater Lebewohl sagen zu können. Sie vergnügten sich damit, auf dem kleinen Hof Fangen zu spielen, wohin Alessio längst die Koffer getragen hatte, zwei Ungetüme aus schwarzem Leder, mit Hüllen aus Jute überzogen, auf denen die mit roten und gelben Zweigen umrandeten Initialen »L.M.C.« prangten.

Die Frauen weinten wie jedes Jahr und hielten Don Lucio vor der Tür ein wenig auf, um ihm Grüße für *jene* in Sant'Agata aufzutragen. Nicolina hatte eine Hand des Schwagers ergriffen und bedeckte sie mit Küssen, während sie einen lieben Namen wiederholte, einen Namen, der ihr jedes Mal ins Herz schnitt, wenn sie ihn laut aussprach.

»Die Mama … Sagen Sie der Mama …«

Antonietta machte es nichts aus, dass ihre Schwester sich von Don Lucio mit der gleichen leidenschaftlichen Zärtlichkeit verabschiedete wie sie selbst. Es war ein Augenblick flüchtiger und tiefer Aufrichtigkeit, in der die eine in der Seele der anderen lesen konnte.

Sie weinten nicht seinetwegen. O nein! Inbrünstig dachten sie an die Orte, die er besuchen würde und die seit so vielen Jahren ihre eigenen Augen nicht mehr erfreut hatten. Und in die sehnsüchtigen Erinnerungen an die Vergangenheit, die ihre Herzen weit machten, mischte sich ein Anflug von Angst vor den kommenden Tagen. Die Angst, einander allein ausgesetzt zu sein wie zwei Schuldige, eingesperrt in dieselbe Zelle – aus der es kein Entkommen gab.

Wenn Don Lucio nicht da war und die Kinder in der Schule waren, gab es keinen Grund mehr zu schweigen. Der Streit brach dann stets häufiger hervor und heftiger. Einzig wenn Nicolina sich in ihre Kammer, den *Taubenschlag*, einschloss und Antonietta in das Zimmer unten im Haus, vergingen die Tage ruhig. Dann sahen sie sich nur zur Essenszeit. Mitunter sahen sie sich nicht einmal bei dieser Gelegenheit, denn wenn der Hausherr nicht da war, kochten sie nicht jeden Tag, sondern aßen zwischen einer Beschäftigung und der anderen nur einen Bissen im Stehen. Auf sie warteten Tage peinigender Stille, auf sie warteten Tage zermürbenden Schweigens oder der Hölle …

Von draußen ertönte das ungeduldige Knallen der Peitsche.

»Lasst mich gehen«, sagte Don Lucio und stieg, von ihnen begleitet, die Treppe hinunter. Die Frauen wussten, dass er sich auf dem vorletzten Treppenabsatz umdrehen würde, deshalb blieben sie an einer bestimmten Stelle stehen. Er hielt auf dem vorletzten Absatz inne und wandte sich ihnen zu, wobei seine niedrige faltige Stirn unter der karierten Mütze sichtbar war.

»Welchen Tag haben wir heute?«

»Samstag«, antwortete Antonietta.

»Es ist der fünfzehnte«, fügte Nicolina hinzu.

Don Lucio blickte in sein Notizbuch, in dem die ganze Reiseroute verzeichnet war, und verkündete:

»Ich werde am dreißigsten des kommenden Monats mit dem Sechsuhrzwanzigzug wieder eintreffen.«

Und er ging die Treppe ganz hinunter.

Weil er die Zeit mit mathematischer Genauigkeit einteilte, glaubte er nicht an all die unvorhergesehenen Ereignisse, die so viele Menschen bekümmern. Wenn er den dreißigsten genannt hatte, würde er am dreißigsten mit dem Sechsuhrzwanzigzug zurückkommen und um sieben im Wagen zu Hause ankommen. Er wollte heiße Brühe und Braten vorfinden, saubere Wäsche am Fußende des Bettes und warmes Wasser, um sich zu waschen.

Er küsste die Mädchen, und nachdem er mit monotoner Stimme einige Ratschläge erteilt hatte, küsste er auch Alessio. Er küsste seine Frau und drückte dann, ohne zu zögern, seiner Schwägerin ernst die Hand und küsste sie brüderlich auf die Stirn. Da brach Nicolina erneut in Tränen aus, und ihrem Beispiel folgten wie ein Echo Antonietta und die Mädchen.

Jetzt waren sie wirklich allein gelassen.

»Auf Wiedersehen! Auf Wiedersehen!«

»Segnen Sie uns, Papa ...«

Die Treppe hallte wider von Weinen und Schluchzen.

Ja, trotz allem war er der einzige Mensch, der sie beide wirklich liebte ...

Ist es denn ihre Schuld?, fragte sich Antonietta im Hinaufgehen. Ist es ihre Schuld, wenn das Schicksal es gewollt hat, dass *sie* sich an sein Leben heftet wie ein schwacher Faden, der sich in den Zweigen eines Baumes verfängt? Und hat *sie* vielleicht nicht gebüßt?

Ihre Herzen flossen über im gleichen Gefühl der Barmherzigkeit. Die auf der Treppe voranging und die ihr nachfolgte, beide hatten den gleichen

Impuls: ohne Umschweife, dafür voller Anteilnahme miteinander zu reden, denn beide waren sie vom Leben betrogen worden und sollten sich verzeihen …

Aber als sie die in den Angeln dumpf knarrende Tür schlossen, kam die alte Eiseskälte wieder über sie, und der unüberwindliche Groll ergriff erneut von ihnen Besitz.

Agata hüpfte im Vorraum herum und schob ihre Schwester vor sich her, voller Freude darüber, dass der Vater abgereist war und sie eine Zeit lang ungestört Lärm machen konnten, ohne Angst vor der schrecklichen Peitsche haben zu müssen.

Nicolina überfiel Wut, denn sie schob die unbändige Fröhlichkeit auf ihre Tränen, standen die ihr doch nicht zu.

»Herzlos bist du!«, rief sie und schüttelte Agata brüsk. »Dein Papa ist noch nicht am Bahnhof, und schon lachst du!«

Sie floh in ihr Zimmer, um sich ausweinen zu können, denn in diesem Augenblick konnte sie kein Recht auf ihre Tränen geltend machen, ohne verurteilt und verlacht zu werden.

Agata, die Kleinste, die mit der Muttermilch den Groll gegen sie eingesogen hatte, machte sich bereits lustig über sie … O ja, sie verlachte sie …

»Nun also?«, fragte Alessio eindringlich von Neuem.

»Ich weiß nicht … Papa ist nicht da … Es sieht so aus, als ob wir seine Abwesenheit ausnutzen wollten …«

»… um einen harmlosen Spaziergang zu machen?«, beendete Alessio den Satz. »Mama, übertreiben Sie doch nicht so! Entschließen Sie sich, und sei es um der Mädchen willen, die nie an die Sonne kommen! Wenn Papa da ist, fehlt die Zeit. Und wenn er nicht da ist …«

Antonietta antwortete nicht. Der Gedanke, die Tür hinter sich zuzuziehen und mit ihren Kindern einmal sorglos spazieren zu gehen, lockte sie. Aber sie stand vor der Schwierigkeit, sich mit ihrer Schwester zu einigen, die sie gewiss tadeln würde und ihren Leichtsinn zur Sprache bringen würde, sobald Don Lucios Rückkehr wieder da wäre.

»Gut«, sagte sie schließlich, und es schien, als verdunkle ein Schatten ihr bleiches, schlaffes Gesicht. »Geh mit deiner Tante nach draußen. Ich möchte nicht, dass dein Vater die Tür verschlossen vorfindet, wenn er zurückkommt.«

»Papa kommt heute nicht zurück«, rief Alessio und rannte hinaus, die Tante zu rufen.

Nicolina ließ sich lächelnd in das Zimmer ziehen.

»Lass mich, Alessio! Wo führst du mich hin?«

Sie freute sich, dass ihr Neffe sie zwang, in das Zimmer ihrer Schwester einzutreten.

Auch Antonietta, die die scherzhafte Auseinandersetzung mitanhörte, war froh, dass ihr Sohn wie ein Friedensengel zwischen sie trat.

Und doch bereute Nicolina, als sie den Fuß über die Schwelle setzte, eingetreten zu sein, und auch Antonietta erstarrte, ohne es zu wollen.

»Alessio hat mich hierhergezogen«, erklärte sie verwirrt. »Er sagt, wir wollen ausgehen.«

»Wenn du ihm die Freude bereiten willst«, sagte Antonietta, ohne aufzublicken. » ... Es ist ein schöner Tag, und die Mädchen müssen nicht in die Schule ...«

»Was soll ich nur anziehen?«, fragte Nicolina nach einigen Minuten Schweigen. »Das Sommerkleid?«

»Ja!«, antwortete Alessio lebhaft. »Alle tragen jetzt helle Kleidung.«

Die beiden Schwestern brauchten viel Zeit zum Ankleiden, weil sie es nicht gewohnt waren auszugehen, auch fanden sie nicht gleich all die kleinen Dinge, die dazu notwendig waren. Einen Augenblick lang entstand ein großes Durcheinander.

»Agata! Lass dir den Schuhanzieher geben!«

»Frag Mama, wo die Handschuhe sind!«

»Carmelina! Hol schnell den Rock, er muss im Schrank der Tante sein.«

Und dann erst die Gürtel, die nicht mehr passten, Knöpfe, die wie aus Trotz absprangen, und Ärmel, die gebügelt sein wollten …

»Leichte Kleider und Winterhüte!«, murmelte Nicolina unzufrieden, als sie sich im Spiegel betrachtete.

Sie suchten nach Vergessenem und klagten dabei, schon zu viel Zeit verloren und sich zu spät zum Spaziergang entschlossen zu haben.

Endlich waren sie bereit. Endlich verließen sie das Haus.

Wie durch stillschweigende Übereinkunft blieb Antonietta mit den Mädchen hinten. Nicolina ging mit dem Neffen vorweg, der stolz darauf war, dass er die Familie wie ein erwachsener Mann ausführte. Und bei jedem dritten Schritt wandte er sich um und lächelte der Mutter zu, als wollte er sagen: Ich gehe mit der Tante, um sie nicht allein zu lassen, aber ich würde gerne auch mit dir gehen!

Sein kleines Herz floss wieder über vor unauslöschlicher Sehnsucht, die Mutter und die Tante einig zu wissen.

Er dachte: Wenn ich groß bin und Frau und Kinder habe, gehe ich jeden Tag mit ihnen spazieren und gebe das ganze Geld aus, das ich verdiene, damit sie glücklich sind!

Manch einer drehte sich nach der kleinen Schar um. Zwei junge Männer lächelten, und einer sagte:

»Die sind Urgroßmutters Modejournal entsprungen ...«

Tatsächlich passten die beiden noch jugendlichen Damen mit ihren schlecht sitzenden, flatternden Rüschenkleidern und ihren altmodischen Samtmänteln nicht in diese bunte und belebte Straße.

Denn es war gerade die Tageszeit, wo alle spazieren gingen ... Leider ...

Alessio schämte sich. Er versuchte vergeblich, die schönen, allzu belebten Straßen zu verlassen, und sprach kein Wort mehr. Er spürte, dass *seine Frauen* schlecht gekleidet waren, und wenn er an einer eleganten Dame vorbeikam, senkte er errötend den Blick.

Warum?, fragte er sich bitter. Warum müssen wir wie Ausgestoßene sein? Warum muss unser Leben so grau und armselig sein, so verschattet, wo die Welt doch so schön und hell ist und die *anderen* alle glücklich sind?

Und er ging erniedrigt und beschämt mit gesenktem Kopf weiter. Er bereute es, die Familie ausgeführt zu haben. Die Palazzata kam ihm noch größer und prächtiger vor, die Straße breiter und belebter als gewöhnlich, und es schien ihm, als blicke der Neptun ihn von oben herab mitleidig an.

Als sie am Freistrand, wo kein Eintritt erhoben wurde, an einer fast menschenleeren Stelle ankamen, fasste er neuen Mut. Das endlose, geheimnisvolle Meer beruhigte jedes Mal wieder sein kleines Herz.

In einiger Entfernung, wo wieder Leute spazieren gingen, war das Meer anders.

»Ich will Seemann werden«, hielt er entschlossen einen spontanen Gedanken fest.

»Davor behüte uns Gott!«, rief Nicolina aus und setzte sich auf einen Stein. »Ein Leben voller Gefahren!«

»Ich wäre wirklich verzweifelt«, fügte Antonietta hinzu, »wenn ich dich auf hoher See wüsste.«

»So oder so ...«, sagte Alessio.

Er meinte: So oder so ... ich *muss* ja eh Ingenieur werden! Wieder presste ihm Unzufriedenheit die Brust zusammen. Aber bald darauf glänzte beim Anblick des Meeres erneut die Freude in seinen großen Mädchenaugen.

Alle drei schwiegen, wie versunken in einer Stille voller Zärtlichkeit. Die Mädchen vergnügten sich im Sand, sammelten Steine und Muscheln und stießen kleine Freudenschreie aus bei der Entdeckung all der seltsamen Dinge, die das weite Meer mit einem Rauschen an den Strand wirft und wieder zurückholt.

»Schaut mal«, sagte Alessio, »da hinten ist eine Brigg.«

Und die beiden Schwestern richteten ihren Blick auf den hellen fernen Punkt, den Alessio Brigg genannt hatte. Die Gedanken schwebten wie Goldstaub in der hellen Luft. Die vielen kleinen Nöte, die ihnen sonst groß vorkamen, der tiefe Groll, der die Luft des Hauses in der Gasse durchtränkte und den sie in ihren Herzen verschlossen hielten, schienen sich aufzulösen und in der heiteren Ferne des weiten Himmels zu verschwinden. Alles war klein und fern wie die Brigg, die draußen auf dem Meer dahinglitt.

Bei Einbruch der Dämmerung saßen sie immer noch reglos und gedankenverloren an demselben Platz. Sie sahen die Sonne glutrot im Meer versinken, mitten in einem purpurn leuchtenden Dunst, der ganz allmählich verblasste. Man hörte die Schreie der von Luft und Freiheit trunkenen Mädchen, die auf dem Kies Fangen spielten. Eine sanfte Melancholie breitete sich aus in dieser Stunde.

»Ich möchte ein Dichter werden …«, sagte Alessio.

Nicolina lachte.

»Du scheinst hundertmal den Beruf wechseln zu wollen. Gut, dass jemand auf dich aufpasst!«

Alessio runzelte die Stirn, gekränkt von dem Ton dieser nur allzu bekannten Stimme, die ihn in die Wirklichkeit der Dinge zurückrief, in einem Augenblick, da er glaubte, weiter denn je von ihr entfernt zu sein.

Sie gingen alle nebeneinander den Weg zurück, denn die Straße war leer.

»Was für einen schönen Spaziergang du mit uns gemacht hast!«, sagte Antonietta.

»Das müssten wir öfter machen, auch wenn Lucio zurück ist. Da wären wir alle bessere Menschen. Heute Abend empfinde ich ein Behagen, einen Frieden, als hätte ich warm gebadet.«

Alle lachten fröhlich über Nicolinas Vergleich, selbst die Mädchen.

In der Nähe des Hauses beschlich die Frauen eine Art Angstgefühl. Sie beschleunigten den Schritt, als wartete Don Lucio schon ungeduldig und verärgert auf sie. Im Laufschritt eilten sie die Treppe hinauf. Dann zogen sie sich schnell aus, als könnte Don Lucio ihnen vorwerfen, sie seien einfach ausgegangen, ohne ihm die Pfeife und das Zitronenwasser vorbereitet zu haben.

Das kam von der einförmigen, gleichmäßigen Gewohnheit so vieler Jahre, aus der sie sich nie mehr würden befreien können.

Er rannte zum Strand und stieg vorsichtig auf seinen Lieblingsfelsen. Er liebte es, bis an die vorderste Spitze zu klettern und zu spüren, wie ihm der Schaum ins Gesicht und auf die Hände spritzte. Er blieb eine Zeit lang reglos hingehockt sitzen, das Kinn auf die Hände gestützt, und schaute den weißen Wellen zu, die wild heranrollten und gegen das braune Ufer schlugen.

Er war traurig und wusste nicht, weshalb. Vielleicht gab es keinen Grund. Er erlebte eine seiner betrübten Stunden, in denen das Innere bei jedem kleinen flüchtigen Eindruck bebt, wie die Saite einer Violine, die seufzt und erzittert, wenn der Bogen sie berührt. Vor der Schule hatte ein Landstreicher Ziehharmonika gespielt, und er war davongerannt, um die Musik nicht hören zu müssen, denn er verspürte ein heftiges Verlangen zu weinen.

Beim Anblick des gütigen, grenzenlosen Meeres beruhigte er sich allmählich.

Es gab etwas, ja, da gab es etwas, was das Leben unschön machte.

Ein Gefühl des Schmerzes und der Scham peinigte ihn. Flüchtige Bilder trieben vor seinem tränenverschleierten Blick vorbei. Da war Tante Nicolina, die so zäh am Haus klebte wie die dichten Flechten, die am Felsen festsitzen und ihn nicht atmen lassen. Da war Maria aus der Gasse, die ihn mit ihrem dunklen, zornigen Blick verfolgte.

Ach, wenn man sich nur von dieser Unruhe befreien könnte, die aus dem Nichts entsteht und die Seele angreift wie Rost neues Eisen!

Vielleicht täuschte er sich. Vielleicht beurteilte er die Dinge falsch, weil er unerfahren war. Er konnte das Gute nicht vom Bösen unterscheiden und hielt die gewöhnlichsten Handlungen für schuldbeladen wie ein Kind, das, eingeschlossen in einem dunklen Zimmer, Angst hat vor all den vertrauten Gegenständen.

Wie beneidete er manchmal seinen besten Freund um dessen Vater, der jedes kleine Geständnis nachsichtig aufnahm, der sich freundlich für die Bücher, die Freunde, die Streiche, für all die schönen und hässlichen Dinge im Leben des Sohnes interessierte! Wie oft hatte er das dringende Bedürfnis verspürt, mit ihm zu reden!

Herr Baron! Die ersten Worte würden ihm leicht über die Lippen kommen. Ich bin ein armer Junge, der nichts versteht …

Ein Junge, der leidet und Angst hat, weil er die ersten Anzeichen seiner erwachenden Jugend wie eine neue Krankheit in sich spürt. Ein Junge, der abends auf den Kuss der Mama wartet, noch dringender aber einen Vater bräuchte, der ihn ganz behutsam auf das Leben des Mannes vorbereitete …

Herr Baron …

Seine Tante, die Halskette kamen ihm in den Sinn … Und wenn das, was er sagen würde, jemandem schadete? Er musste schweigen, weil er das Gute nicht vom Bösen unterscheiden konnte.

Aber litt er denn wirklich unter der Zwietracht in der Familie oder unter dem Verdacht, sein Vater könne Geld zu Wucherzinsen verleihen? Nein, nein. Die Unzufriedenheit lag in ihm selbst wie ein bitterer Geschmack.

Irgendwo hatte er gelesen: »Wir tragen das Paradies oder die Hölle in unserem Herzen.« Aber es ist ungerecht, dass jemand, der einem anderen nie etwas Böses angetan hat, die Hölle im Herzen tragen muss.

Jetzt, da er das Gymnasium besuchte, ging er nicht mehr zur Beichte. Er hätte sich geschämt, in der Kirche gesehen zu werden. Jetzt lernte er etwas zur Entwicklung der Arten, erfuhr, dass der Mensch vom Affen abstammt und dass der Himmel nichts anderes als Luft ist. Auch diese Wahrheiten, die der angesehene Lehrer Friland vom Pult aus erklärte, erschütterten seinen Geist. Einige Jahre zuvor hatte der Lehrer Zermani dieselben Dinge zwar anders erklärt, aber doch in demselben Ton, der keine Zweifel aufkommen lässt. Ja, fragte sich Alessio, wer kennt dann eigentlich die Wahrheit?

Das muss, gab er sich zur Antwort, der Lehrer Friland sein, denn er unterrichtete größere Kinder ... Selbstverständlich muss er das sein ... Aber auch der Lehrer Zermani war ein erwachsener und kluger Mann. Da wird er doch seine Jugend nicht über Büchern zugebracht haben, um Dinge zu lernen, die falsch sind? Um nur Dinge zu lernen, die falsch sind?

Aber warum sollten sie überhaupt falsch sein?

Er blickte in die Höhe. An dem leuchtenden Himmel war keine einzige Wolke zu sehen. Sollte es denn jenseits dieses herrlichen heiteren Blaus gar nichts geben?

Er schaute auf das Meer und dachte mit einem Schauder an die unermessliche Tiefe der Abgründe. »Nein«, wiederholte er laut, »es kann nicht sein, dass über dem Himmel gar nichts mehr ist!«

»Sprechen Sie mit mir, kleiner Herr?«

Ein spindeldürrer, hemdsärmeliger Alter stand bis zu den Waden im Wasser.

»Nein, nein …«, rief Alessio errötend aus, während alle seine Fantastereien wie ein Schwarm Bienen in der Sonne zerstoben. »Suchen Sie etwas?«

Der Alte steckte eine Hand in die Hosentasche und holte einen Seeigel und eine Handvoll Napfschnecken hervor. Wortlos bot er sie an.

»Soll ich sie Ihnen aufmachen?«

»Danke! Aber ich habe nichts bei mir … Ich habe nur zwei Soldi. Bitte, nehmen Sie sie.«

Der Alte nahm lächelnd das Geld und öffnete den Seeigel mit einem kleinen Messer. Und lächelnd öffnete er einen zweiten und bot die leuchtend roten Stücke in der schwarzen Schalenhälfte mit einer langsamen und gelassenen Geste an.

»Sind Sie morgen auch da? Ich komme jeden Tag nach der Schule hierher.«

»Ja, ich bin da morgen«, antwortete der Alte und begann wieder, zwischen den Klippen zu suchen.

»Sind Sie Fischer?«

»Nein. Ich bin Bauer. Aber ich kann nicht arbeiten, weil es zu stark geregnet hat. Ich komme hierher, weil das Meer der Gesundheit guttut und einem immer etwas schenkt. Mein Sohn ist in Amerika«, fügte er hinzu. »Es gefiel ihm nicht mehr bei mir.«

»Und deshalb sind Sie mit Ihrer Frau allein?«

»Ich bin ganz allein. Ich habe keine Frau mehr. Zehn Kinder hatte ich, Jungen und Mädchen. Ein paar sind schon tot, manche verheiratet, einer ist in Amerika, und ich bin allein geblieben wie ein Zweig ohne Blätter. Das war Gottes Wille!«

Und der Alte lächelte sanft und breitete resigniert die Arme aus.

Vielleicht lächelte er seinen lieben Verstorbenen zu.

»Auf Wiedersehen, guter Mann«, sagte Alessio und sprang auf.

»Auf Wiedersehen, kleiner Herr. Verzeihen Sie, wenn ich Ihnen etwas sage. Vorhin habe ich Sie traurig dasitzen sehen, wie ein Vogel mit gestutzten Flügeln. Nun ja, wer jung ist, sollte fröhlich sein.«

»Und wenn Jungsein keinen Sinn hat?«

»Wie können Sie so etwas sagen, wo Sie doch noch kein graues Haar haben? Die Jugend ist immer etwas Gutes. Auf Wiedersehen, kleiner Herr.«

Es musste schon spät sein. Zu Hause wurde er ausgeschimpft. Aber Alessio kümmerte sich nicht um den üblen Empfang, der ihm bereitet wurde. Er hatte die ruhige Stimme des alten Bauern im Ohr und im Herzen den stillen Wunsch, gut zu sein.

Da war also das Unglück über den alten Bauern hinweggegangen, und doch hatte sein Lächeln nichts von der kindlichen Einfalt verloren, noch fehlte seinen Augen der ergebene Ausdruck des Glaubens.

Er schien die einfachen, tiefen Wahrheiten des Lebens zu kennen.

Ich werde wieder zu ihm gehen, dachte Alessio, und er wird mein Freund sein.

»Tante!«, rief Alessio, indem er mit einem Paket Bücher und illustrierten Zeitschriften ins Esszimmer trat und es rasch öffnete.

Nicolina trocknete sich die Hände an der Küchenschürze ab und kam an den Tisch.

»Was soll das, Alessio! Es ist gleich Zeit für das Abendessen!«

Aber noch während sie rief, beugte sie sich schon mit freudiger Neugier über die prächtigen Abbildungen.

»Schau, was für eine Allee!«

»Und das hier?«

»Oh, wie schön dieser Engel ist! Es fehlt ihm nur die Sprache! Warte mal, Alessio, lass ihn mich genau ansehen. Melozzo … er hieß Melozzo? Was für ein seltsamer Name!«

»Melozzo ist der Name des Malers.«

»Wer all diese schönen Sachen besitzt, der kann sich freuen!«

»Nicht wahr, Tante? Mein Freund Rossi hat ein ganz großes Regal, voll mit Büchern und Zeitschriften.«

»Leih dir welche aus, am besten nur wenige auf einmal. Dann haben wir jetzt, wo der Winter kommt, Unterhaltung für die langen Abende.«

»Ich habe dir auch ein wunderschönes Buch von Turgenjew mitgebracht. *Das Gnadenbrot*. Erinnerst du dich an Turgenjew? Er ist der Autor von *Frühlingsfluten*, die dir so gefallen haben. Aber zeig Papa die Bücher nicht, die ich für dich besorge!«

»Keine Angst.«

»Mama! Warum kommst du nicht auch zum Anschauen?«

»Ich bin gleich da, Alessiuccio!«, antwortete Antonietta und ging vorbei, um Sachen in das hintere Zimmer zu bringen. Aber sie beeilte sich nicht. Neben der Schwester hätte es ihr sowieso keine Freude bereitet.

Nicolina vergaß sogar die Hausarbeit. Neben ihrem Neffen fand sie die Fröhlichkeit ihrer so schnell vergangenen Jugend wieder. Während Alessio nach und nach groß wurde, hatte Nicolina das Gefühl, ein zweites Mal zu leben. Unwillkürlich und ohne es zu merken, zeigte er ihr eine neue, bis dahin unbekannte Welt.

Die Bücher, die er ihr mitbrachte, die schönen Dinge, die er ihr zeigte, die Gedanken, die er ihr mitteilte – all das enthüllte ihr ein sehr viel höheres und edleres Geistesleben als das erbärmliche Alltagsleben, das sie, wie in einen grauen Nebel gehüllt, führen musste. Die Nähe des freundlichen und reinen Alessio ließ ihr verschlossenes und ausgedörrtes Herz aufblühen. Er war voller Begeisterung und Gefühl. Es brauchte nur wenig, ihn zu erfreuen, und ein Nichts, um ihm wehzutun. Er war wie ein Vogel, der vor Glück tiriliert, wenn ein Sonnenstrahl die Gitterstäbe seines Käfigs vergoldet, und der melancholisch schweigt, sobald sich der Himmel verfinstert …

»Und diese Szene, Alessio?«

»Das ist die Innenansicht eines Harems. Das sind Bräuche der Türken, die mehr als eine Frau haben.«

Don Lucio erschien riesengroß in der Tür mit noch zugeknöpftem Mantel, ein wenig verärgert, dass niemand ihn hatte hereinkommen hören. Er blieb einen Augenblick stehen und betrachtete die Szene mit Tante und Neffen. Beide kehrten der Tür den Rücken zu. Aus dieser Perspektive wirkte Nicolina noch sehr jung. Ihr zarter Nacken sah wie gepudert aus, ihr braunes Haar, das sich mit dem hellen feinen Haar Alessios mischte, glänzte wie Vogelgefieder. Der Anblick dieser frischen Jugend, die einen Augenblick glücklich und sorglos war, verstimmte ihn noch mehr. Er war alt. Vielleicht interessierte er sich auch deshalb schon eine Weile nicht mehr für die Schwägerin.

Er zog die niedrige Stirn in Falten und blieb weiterhin im Türrahmen stehen. Er hatte sich beim Betrachten belangloser Abbildungen niemals so begeistert. Voller Groll beneidete er sie um ihre Fröhlichkeit. Da vergnügten sich die beiden, weil sie schlicht gedankenlos waren. Darum ging es doch. Sie wussten nicht, wie mühsam es ist, sich im Leben einen gangbaren Weg zu bahnen, sondern ernteten die Früchte seiner Anstrengungen, ohne sich weiter um ihn zu kümmern ... Sie waren wie Zugpferde, die ihren Kopf in den Futtersack stecken und fressen ...

Er glaubte zu spüren, dass sein Herz zu heftig schlug, und wurde unruhig.

»Tu das Zeug weg!«, kommandierte er, indem er an den Tisch herantrat. »Ich habe dir doch schon tausendmal gesagt, du sollst mir das Haus nicht mit diesem Papierkram vollstopfen. Außerdem«, fügte er hinzu, »langweilst du den jungen Baron Rossi schon. Es wird nicht lange dauern, und der Baron wird mir deinetwegen Vorhaltungen machen.«

Don Lucio schien mit seiner großen Gestalt das ganze Zimmer auszufüllen.

»Ich hatte Sie nicht gehört«, entschuldigte sich Nicolina. »Auch Antonietta hat Sie nicht gehört … glaube ich … Sie ist da drüben.«

»Lasst euch nur nicht stören! Der Hausherr zählt schließlich nicht mehr als eine Katze. Er kann eintreten, hinausgehen, weggehen, zurückkommen, das kümmert keinen. Die jungen Herrschaften müssen sich ja vergnügen.«

Alessio packte Bücher und Zeitschriften zusammen und ging mit gesenktem Kopf hinaus.

Nicolina räumte Don Lucios Hut, Stock und Mantel beiseite und brachte ihm die Pantoffeln.

»Wollen Sie noch etwas?«

»Nein, nichts«, antwortete Don Lucio besänftigt. Er legte seinen Arm um ihre Taille, beugte sich etwas zu ihr herab und sagte leise, wobei ihr der nach Pfeife riechende Atem ins Gesicht schlug:

»Dein Umgang mit deinem Neffen ist zu vertraulich.«

Und als Nicolina ihn leicht überrascht ansah, erklärte er:

»Er ist in einem gefährlichen Alter. Und du bist noch jung.«

Und sein von Begehrlichkeit getrübter Blick war beredter als die wenigen Worte.

Nicolina spürte, wie ihr das Blut ins Gesicht schoss. Sie befreite sich aus dem Griff des sehnigen Armes und floh. Nie zuvor hatten ihr die Liebkosungen des Schwagers – des Vaters von Alessio – einen so tiefen Abscheu eingeflößt. Sie flüchtete, rannte die kleine Treppe hinauf, ließ sich auf die oberste Stufe fallen und schlug die Hände vors Gesicht.

»Mein Gott! Mein Gott!«, murmelte sie. »Ist die Welt denn wirklich so voller Schlechtigkeit?«

O ja, das Böse ist überall, und wir sehen es nicht und können es nicht vermeiden. Das Böse ist eine Krake mit zahllosen Fangarmen ...

»Tante Nicolina!«, rief Alessio. »Hat er dich meinetwegen ausgeschimpft?«

»Nein, nein, mit dir hat das nichts zu tun!«, stieß Nicolina lebhaft hervor und wischte sich die Augen. Sie sah den Neffen an und lächelte bitter. Auf seinem zarten Gesicht lag ein Ausdruck von Mitleid, der so sanft und mädchenhaft, so zart, so traurig war, dass er dem Engel von Melozzo glich, den sie in einem flüchtigen Augenblick größter Freude zusammen betrachtet hatten.

Nein. Nein. Es ist allein er, der überall das Böse entdeckt, denn es lauert in seinem Kopf.

Sie nahm den Kopf des Jungen zwischen ihre Hände und küsste ihm zärtlich die Stirn, als wäre auch sie ein wenig Mama, ja, auch sie, die von einem der klebrigen Fangarme des Bösen für immer gepackt worden war.

Ihr dröhnten die Ohren. Irgendjemand (Antonietta? die Stimme ihres eigenen Herzens?) wiederholte in einem fort: »Du darfst hier nicht bleiben …«

Der – stumme und gerechte – Vorwurf war, ohne dass sie es bemerkt hatte, in ihrem Innern herangereift …

Nun, sie musste nur den Mut haben, alles zu richten …

Alessio hörte nicht auf die letzten Ratschläge und Anweisungen Meister Ciàulas, der ihm eines seiner schlechtesten Fahrräder für fünfzig Centesimi pro halbe Stunde anvertraute.

Er stieg auf, und fort ging die Fahrt. Fort durch die verkehrsreichen Straßen und endlich ins Freie, atemlos am Meer entlang. Fort, ausgelassen am Ufer entlang, an Dörfern und Gehöften vorbei. Fort, ohne an Rückkehr zu denken, glücklich, ohne Ziel und Zweck zu rasen, während der Wind ihm den starken Salzgeruch ins Gesicht schlug.

Vor dem Horizont zeichneten sich Wolken ab, ganz in rosiges Licht getaucht. Ein Schwarm weißer Möwen flog über das Meer.

Zu dieser Tageszeit lag das Haus in der Gasse noch im Schatten. Die Frauen, diese beiden verfeindeten Schwestern, waren schon mit der üblichen Hausarbeit beschäftigt, die Gedanken wahnhaft verstrickt im ewig gleichen Zwist.

Die starke, belebende Sonne erreichte erst spät die Balkons des bedrückenden Hauses mit seiner traurigen Eintönigkeit, das der Gasse zugewandt lag …

Hier draußen konnte man in freudiger Freiheit tief durchatmen, und auch der Geist schien sich umfassenderen und kühneren Gedanken zu öffnen … Eines Tages würde er fliehen, für immer fliehen, ohne zurückzuschauen, ohne sich an etwas zu klammern, um sich dann von Grund auf zu erneuern wie eine Pflanze im Frühling.

Auf dem Fahrrad hatte er den Eindruck zu fliegen. Völlig eins mit dem Rad, besaß er Flügel, keine Pedale! War er vielleicht mit einem Mal eine Möwe geworden? Oder eines dieser wunderbaren Fabelwesen: ein Mensch mit Flügeln?

Das Fahrrad knirschte. Irgendetwas verbog sich und brach schließlich. Alessio wurde mit Wucht zur Seite geschleudert.

Eine Frau lief herbei. Er versuchte aufzustehen und schämte sich für das Missgeschick. Außerdem fürchtete er, das geliehene Rad beschädigt zu haben. Einige Fischer, die am Strand Netze ausbesserten, und ein vorbeigehender Arbeiter kamen heran.

»Er hat den Graben nicht gesehen ...«

»Er sauste mit einer Geschwindigkeit an ... mit einer unglaublichen Geschwindigkeit!«

»Ich wollte ihm noch zurufen ...«

Alessio konnte nicht gehen, ein Bein tat ihm weh. Niedergeschlagen setzte er sich hin.

»Das Rad ist kaputt, kleiner Herr«, sagte der Arbeiter, nachdem er das Fahrrad genau angesehen hatte. »Das ist ein böser Schaden. Das Teil muss ausgewechselt werden. Aber seht euch das an! Heiliger Georg!«, rief er aus, als er es näher betrachtete. »Es war hier bereits geschweißt, sehen Sie? Genau an dieser Stelle! Und dann sind Sie so schnell gefahren! Wussten Sie das denn nicht?«

»Es ist ein geliehenes Fahrrad«, gestand Alessio und besah sich die Stelle.

An der Bruchstelle wurde eine alte Schweißnaht sichtbar. Das ermutigte ihn ein wenig. Dafür konnte Meister Ciàula keinen Schadenersatz verlangen.

Er machte sich zu Fuß auf den Rückweg, ganz vorsichtig, denn das Bein tat immer noch weh. Erschöpft traf er bei Meister Ciàula ein, der ihm als Erstes sagte:

»Zwei Stunden und nicht eine halbe Stunde. Das macht zwei Lire.«

Als er den Schaden sah, wurde sein Gesicht finster wie die Nacht. Auf die Rechtfertigungen Alessios antwortete er mit Geschrei und warf seine Mütze auf den Boden.

»Betrogen! Betrogen!«, wiederholte er höhnisch lachend. »Wer hat dich betrogen? Der Teufel soll dich holen! Das Rad war einwandfrei! Nein? Und warum hast du es dir nicht vorher angesehen? Meister Ciàula betrügt niemanden. Der ist ein Ehrenmann. Frag, wen du willst. Wenn ein vernünftiger Mensch das Rad ausgeliehen hätte, wäre es jetzt heil ...«

Dann beruhigte er sich, setzte sich die Mütze wieder auf und sagte in selbstsicherem Tonfall:

»Also, die Reparatur kostet 50 Lire. Das ganze Teil muss ersetzt werden. Und zwei Lire Leihgebühr, das macht 52. Morgen bringst du mir das Geld. Ich warte auch bis übermorgen. Sag's deinem Papa. Bist du nicht der Sohn von Don Lucio Carmine? Der hat Geld und kann zahlen. Na, der wird sich freuen! Ein Sohn wie du hat ihm gerade noch gefehlt, dem Don Lucio Carmine!«

Alessio fühlte, wie ihm das Blut in den Adern stockte. Er machte sich bedrückt auf den Heimweg, mit hochgezogenen Schultern und eingezogenem Kopf.

Von Weitem jagte ihm das Haus, das größer und düsterer aussah als sonst, fast Angst ein.

»Woher kommst du so spät? Warst du nicht in der Schule? Was ist denn mit dir passiert? Du bist ja ganz schmutzig! Ganz staubig!«

»Nichts. Sei still. Ich bin hingefallen. Ist Papa zurück?«

»Noch nicht.«

Er beeilte sich, die Treppe hinaufzusteigen. Dabei hörte er Nicolinas Stimme, die laut sagte:

»Niemand. Alessio ist zurückgekommen.«

Nicolinas Stimme kam ihm verändert vor oder wenigstens anders als sonst. Sie sagte etwas Einfaches und Richtiges, woran er noch nie gedacht hatte. Niemand … Er war ein Niemand … Ohne dass er hätte sagen können, warum, wuchs sein Kummer.

Er wartete, bis sein Vater nach dem ausgiebigen Frühstück Pfeife zu rauchen begann, denn dann bewegte er sich nicht von der Stelle, selbst wenn das Haus einstürzen würde.

Alessio vertraute seiner Mutter an, in welcher Zwangslage er war.

»Man muss es ihm nur richtig beibringen«, schloss er ab. »Sie können es sicher am besten. Mich würde er gar nicht anhören. Bevor er zahlt, sollte er versuchen, meine Gründe geltend zu machen. Es ist eine Erpressung. Meister Ciàula nutzt die Lage aus, weil ich ein Junge bin. Papa kann alles in Ordnung bringen.«

Antonietta war beunruhigt. 50 Lire! 50 Lire!

»Im Übrigen«, fügte Alessio hinzu, und ein Schatten flog über sein Gesicht, »geht die Welt deshalb nicht unter. Es geht letzten Endes nur darum, dem Mann zu zeigen, dass ich keine Waise bin und dass mein Vater, wenn es nötig ist, sich für mich interessiert und mich vertritt. Denn ich bin im Recht.«

Antonietta war einen Augenblick ratlos. Schließlich aber fasste sie aus Liebe zu ihrem Sohn Mut.

»Warte«, flüsterte sie.

Sie trat ins Esszimmer und zögerte einen Augenblick. Dann schloss sie die Tür und näherte sich dem Tisch.

»Lucio«, sagte sie, »ich muss mit dir reden.«

Don Lucio blickte stirnrunzelnd auf. Sicherlich handelte es sich um die Alte von Sant'Agata ... Er hatte das langsam satt.

»Alessio«, begann Antonietta, »ist gestern Rad gefahren. Mit einem geliehenen Rad natürlich. Um ein bisschen Bewegung zu haben. Er ist hingefallen und hat sich wehgetan. Das Rad ist ein wenig beschädigt worden. Nein, sogar stark. Also, es ist beschädigt ...«, wiederholte sie, ohne ihre Verlegenheit zu verbergen. Sie wusste nicht, was sie noch sagen sollte. »Ein wichtiges Teil des Rades ist gebrochen. Ich weiß nicht, wie es heißt.«

Alessio hörte betrübt zu. War diese ganze Vorrede nötig? So ungeschickt hätte auch er reden können! Aber eine Ehefrau ist doch nicht dasselbe wie ein Sohn, sie könnte sich doch ein paar deutlichere, schroffere Worte erlauben! Sie hätte die Sache mit wenigen Sätzen erklären sollen. Es war so klar, dass er das Recht auf seiner Seite hatte! Das Geld kam erst an zweiter Stelle.

Der ergebene, fast klagende Ton in der Stimme seiner Mutter schnitt ihm ins Herz.

Meine Güte, fragte er sich gereizt, warum hat niemand in diesem Hause etwas Mut?

»Unser armer Sohn ist betrogen worden. Er hat das Fahrrad zurückgebracht, und jetzt will man 50 Lire von uns«, sagte Antonietta schließlich in einem Atemzug.

»Und was habe ich mit dieser Bescherung zu tun?«, fragte Don Lucio mit jener Gleichgültigkeit, die manchmal grausamer war als ein Peitschenhieb.

»Mein Gott!«, murmelte Antonietta und rang unter der schwarzen Schürze die eiskalten Hände. »Es ist doch klar, dass er damit zu dir kommt. An wen sonst soll sich der arme Junge denn wenden?«

»An mich? Er fängt ja beizeiten an mit der Verschwendung, der junge Herr. 50 Lire! 50 Lire«, wiederholte er ganz ruhig und legte die Pfeife auf das kupferne Tablett, »lassen sich nicht im Garten ausgraben. Ich habe kein Geld für seine Grillen. Ich arbeite. Hundertmal habe ich ihm verboten, ein Fahrrad auszuleihen.«

»Ja und nun? Was soll ich dem Jungen, der wie eine Seele im Fegefeuer wartet, sagen?«

Nicolina lauschte in der Küche mit angehaltenem Atem. Sie wäre am liebsten hineingegangen, um Antonietta beizustehen. Aber aus Angst, die Sache zu verschlimmern, rührte sie sich nicht.

»Sag ihm«, antwortete Don Lucio und sah seiner Frau, die wie Espenlaub zitterte, endlich ins Gesicht, »sag ihm, er soll gehorchen lernen. Und du steh hier nicht wie das leibhaftige Elend herum. Dein Sohn bereitet mir nur Ärger und Scherereien.«

Antonietta verließ das Zimmer. Nicolina weinte am Herd still vor sich hin.

Die Mutter sagte leise zu ihrem Sohn, damit Don Lucio nichts verstand:

»Hör zu. Im Augenblick hat er das Geld nicht. Aber sei nicht traurig. Du wirst sehen, bis um vier werden ich und ... deine Tante die Summe schon auftreiben. Ein so großer Betrag ist es ja nicht.«

»Ich habe es gehört«, erwiderte Alessio mit einem Lächeln, das seiner Mutter das Herz zusammenpresste, so trostlos war es. »Ich will nicht, dass Sie sich auch noch meinetwegen ängstigen. Ich werde mich Ferdinando anvertrauen, meinem reichen Freund. Wir geben es ihm in kleinen Raten zurück. Papa erfährt nichts davon. Auf Rossi kann ich mich verlassen. Er ist wie ein Bruder.«

»Ja, so machen wir das«, stieß Antonietta erleichtert hervor. »Das ist wirklich ein guter Gedanke, Alessio. Aber wo gehst du denn jetzt hin? Du hattest doch gesagt, dass du heute frei hast.«

»Ich habe im Stundenplan nachgeschaut. Ich habe heute eine Stunde Mathematik ... Danach gehe ich zu Ferdinando Rossi ... Bitte«, fügte er hinzu, indem er sie umarmte und sein Gesicht an ihre Schulter legte, »verzeihen Sie mir, dass ich Ihnen diese Aufregung verursacht habe. Und fassen Sie Mut. Fassen Sie Mut, Mama. Das Leben ist so traurig. Und ich bitte Sie, auch der Tante zu verzeihen. Sie hat genug gelitten ... Und jetzt Schluss«, er wollte lächeln, um den Worten, die von selbst aus der Tiefe seines Herzens heraufgekommen waren, nicht noch zusätzliche Schwere zu verleihen. Es war das erste Mal, dass er »die Sache« zu erwähnen wagte. Die Mutter zuckte zusammen.

»Weinst du?«, rief sie aus und beugte sich ein wenig zurück, um ihm ins Gesicht zu sehen.

»Ich weiß auch nicht, was heute Morgen mit mir ist«, antwortete Alessio und lächelte wieder, mit leicht zitterndem Kinn. »Segnen Sie mich, Mama.«

»Gesegnet seist du, mein Sohn.«

Alessio machte die Tür ganz vorsichtig auf. Don Lucio ließ sich kämmen. Den Kopf auf die Rückenlehne gestützt, schien er zu schlummern. Nicolina kämmte ihn bedächtig. Sie hatte gerötete Augen.

Immer und ewig einander gleich und bedrückend verstrichen die Stunden im Haus in der Gasse.

Alessio verabschiedete sich winkend von Nicolina und verschwand eilig über die feuchte, dunkle Treppe.

Don Lucio, der bereits am Tisch saß, schlug zum Zeichen seiner Ungeduld mit dem Messer gegen die Flasche. Da ergriff Antonietta mit beiden Händen die Suppenschüssel, die schon eine Zeit lang bereitstand, und Nicolina wärmte den tiefen Teller des Schwagers ein wenig an, damit die Suppe heiß blieb.

Alessio würde ihnen noch oft Grund zur Sorge geben! Wenn das schon jetzt losging, wo er noch ein Junge war! Nach dem Zwischenfall am Morgen war er weggegangen und hatte sich nicht mehr blicken lassen. Wo mochte er nur hingegangen sein? Wo hielt er sich jetzt, um diese Zeit, auf?

Und wenn sein Freund ihm die Hilfe verweigert?, dachte Antonietta, als sie mit der Terrine an den Tisch trat.

»Seit wann ist er weg?«, fragte Don Lucio nach einem Moment des Schweigens, während Antonietta die Teller füllte und die Mädchen sich hastig bekreuzigten.

Niemand antwortete. Da Don Lucio seine müßige Frage wiederholte, murmelte Antonietta:

»Seit heute Morgen. Das weißt du doch.«

Don Lucio begann zu essen. Das Schweigen hing wie Nebel im Zimmer. Die Mädchen löffelten die Suppe aus und bemühten sich, keine Geräusche zu verursachen. Auch Antonietta wollte schnell fertig werden, aufstehen, ans Fenster gehen und auf Alessio warten.

Nur Don Lucio bewahrte seine Ruhe: Bequem in den ledernen Stuhl zurückgelehnt, kaute er mit halb geschlossenen Augen in aller Seelenruhe und voll Genuss sein Essen.

Endlich durften die Mädchen aufstehen. Antonietta räumte ab. Nicolina stellte die Kaffeemaschine und alles, was dazugehörte, auf den Tisch, denn Don Lucio wollte sehen, wie der Kaffee zubereitet wurde, und sein ganzes Aroma auskosten. Nicolina zeigte sich gelassen, während sie mit der üblichen Genauigkeit ihre Pflicht tat. Sie mahlte den Kaffee und gab einen Löffel voll davon in das dampfende Kännchen, rührte um, sobald er zu sieden begann, deckte es wieder zu und löschte schließlich die Flamme, ohne dass ein Tropfen Wasser vorbeigegangen oder etwas von dem schwarzen Kaffeeschaum das saubere, wie Silber glänzende Kännchen beschmutzt hätte.

Wie Antonietta war auch sie von Furcht erfüllt.

Es war bisher nie vorgekommen, dass Alessio so spät noch nicht zu Hause war!

Don Lucio nippte genüsslich an seinem Kaffee. Gesättigt und zufrieden, wünschte er in diesem Augenblick nichts weiter. Er hatte die Abwesenheit des Sohnes ganz vergessen und bemerkte die Unruhe nicht, welche die Gesichter der beiden Frauen blass werden ließ.

Es klopfte. Ein zurückhaltendes, beinahe schüchternes Klopfen. Das war zweifellos Alessio. Er würde wie üblich ein wenig aufgeregt und etwas ängstlich hereinkommen …

Carmelina rannte los, um die Tür zu öffnen.

»Papa. Da ist jemand, der Sie sprechen will.«

»Wie? Jetzt, um diese Zeit!«, schnaubte Don Lucio. »Sag ihm … Nein. Komm zurück«, verbesserte er sich sofort und stellte die Tasse verärgert ab, denn er dachte an einen Schuldner, der mit ihm reden wollte.

Die Frauen horchten. Sie hörten ein wirres, immer wieder stockendes Flüstern. Dann wurde die Haustür geschlossen und die Zimmertür geöffnet. Don Lucio rief:

»Antonietta!«

Sie liefen beide hin.

»Ich muss gehen.«

Sie halfen ihm in den Mantel, wollten ihm noch die Krawatte umbinden, aber Don Lucio hatte es eilig.

»Das ist nicht nötig … bestimmt nicht«, sagte er. Seine Stimme war völlig verändert. Verstört suchte er nach etwas, ohne sagen zu wollen, was es war, und seine Hände zitterten. Antonietta fasste sich ein Herz und kehrte unbemerkt zur Tür zurück.

Es war etwas geschehen, was auch sie betraf. Sie fühlte es.

Der Mann stand noch mit gesenktem Kopf vor der geschlossenen Haustür, eine betresste Mütze in den Händen.

Antonietta »fühlte«, dass es ein Diener des Barons Rossi war. Eilig flüsterte sie ihm zu:

»Um Gottes willen, sagen Sie mir, was geschehen ist, ob es etwas ist …«, sie wollte sagen: ob es etwas ist, was mich selbst betrifft – aber Angst verschlug ihr den Atem, denn sie dachte an Alessio, nur an Alessio.

Der Diener, der sah, wie aufgeregt sie war, glaubte, sie wisse es schon, und antwortete:

»Haben Sie keine Angst. Es ist nichts Schlimmes.« Antonietta starrte ihn mit großen, erschrockenen Augen an.

»Was heißt, es ist nicht schlimm? Sprechen Sie offen. Mein Sohn ist seit heute Morgen verschwunden. Haben Sie Mitleid mit einer Mutter. Reden Sie. Wo ist er?«

Der Diener blickte sie seinerseits erschrocken an. Er wusste nicht, was er tun sollte, denn die Anweisung, die ihm gegeben worden war, musste befolgt werden. Aber er hatte Mitleid mit der armen Frau, die ganz bestürzt auf ein Wort von ihm wartete. Und während Don Lucio mit dem Wollschal um den Hals, gegen die nächtliche Kälte gefeit, aus dem Zimmer trat, flüsterte er:

»Ich bin aus dem Hause Rossi, wie Sie sehen. Sie müssen jetzt tapfer sein, Signora ...«

Antonietta spürte einen starken, stechenden Schmerz, als würden ihr sämtliche Eingeweide herausgerissen.

»Lucio! Lucio!«, schrie sie auf und eilte ihrem Mann hinterher.

Dieser drehte sich brüsk um und gab ihr ein Zeichen, zu schweigen und sich im Haus einzuschließen.

»Ich komme gleich zurück«, antwortete er laut und lief weiter die Treppe hinunter.

Antonietta blieb wie versteinert an der Türschwelle stehen.

»Wer ist es? Was ist passiert?«, fragte Nicolina immer wieder.

»Es ist der Diener von Baron Rossi. Die Madonna hat uns gestraft!«

Und sie fiel auf der Schwelle wie ein Bündel Lumpen zu Boden. Nicolina raufte sich die Haare.

»Alessio! Alessiuccio!«, flüsterte sie verzweifelt.

Die Stufen begannen, sich vor ihren Augen zu drehen, und tanzten, als wäre sie auf einem Dampfschiff, es pfiff in ihren Ohren.

Einen Augenblick waren beide still. Erschrocken fingen die Mädchen an zu weinen, als sie die Mutter draußen am Boden liegen sahen.

Nicolina fuhr zusammen, als sie das Wimmern hörte, und wies die beiden zurecht.

»Seid still. Was soll denn dieses Weinen, das bringt Unglück. Hört auf damit. Wir wissen doch nichts.«

»Vielleicht hat er nicht den Mut, so spät nach Hause zu kommen ...«, fügte sie leiser hinzu, als wolle sie sich an dieser Hoffnung festklammern.

Sie beugte sich über Antonietta.

»Steh auf«, bat sie sanft.

»Nein!«, stieß die Schwester hervor, ohne sie anzublicken. »Lass mich in Ruhe warten.«

Wieder verstummten sie – draußen vor der Tür wie zwei Bettlerinnen. Und die Minuten, die in der geheimnisvollen und angstschweren Stille vergingen, dehnten sich endlos.

Nicolina sagte schließlich, und es schien, als spreche sie im Schlaf:

»Es ist ein Diener des Barons. Antonietta, ich weiß, wo das Stadthaus der Rossi ist …«

Da streckte Antonietta ihre Hand nach der Schwester aus und erhob sich mühsam.

»Die Madonna hat uns gestraft«, wiederholte sie.

Ihr Blick glich dem eines schwerverletzten Mannes am Boden, der die Hilfe des verhassten Feindes annehmen muss.

Die Menge drängte sich wie eine dichte Hecke vor dem geschlossenen Haupttor des Patrizierhauses. Es kamen immer mehr Leute auf den Platz: Einige blieben stehen und fragten, andere gingen schnell geradeaus weiter, um nicht als Zeugen gerufen zu werden, falls irgendetwas Schlimmes passiert war.

Eine Frau weinte und sagte von Zeit zu Zeit:

»Und noch so jung! So jung! Mein Gott, halte deine Hände über die Köpfe meiner Kinder!«

Auch ein alter Herr mit Goldrandbrille und weißem Bart blieb stehen, um sich zu erkundigen, was vorgefallen sei.

»Ein glücklicher Junge«, erklärte ein kleiner schmächtiger Mann (der Notar Marullo). »Einziger Sohn, von den Eltern angebetet … Es fehlte ihm an nichts …«

»Ja, ja!«, hüstelte der alte Herr. »Aber wer kann in ihren Kopf hineinsehen, verehrter Notar! Man kann einen Jungen quälen, ohne es zu wollen und ohne es zu wissen. Das ist doch ein Alter, in dem die kleinen Nöte des Lebens schrecklich groß erscheinen. Und sie sind ja noch so unerfahren … Wenn wir uns ein wenig mehr um sie kümmerten …«

Daraufhin entfernte sich der Alte. Ein Arbeiter wollte seine Meinung sagen:

»Der Herr da redet gut. Aber ich verstehe auch etwas vom Leben, selbst wenn ich nicht lesen und schreiben kann. Also, ich würde sagen, daran sind allein die Zeiten schuld. Früher ist so was nicht passiert. Da standen die jungen Herren mit beiden Beinen fest auf dem Boden. Sie wollten essen, schlafen und fürchteten niemanden außer ihrem Vater. Heute, wo sie schon als Greise zur Welt kommen …«

Ein Raunen ging durch die Menge. Ein hochgewachsener hagerer Mann im Mantel überquerte mit einem Diener im Gefolge den Platz.

»Das ist der Vater!«, wurde getuschelt.

»Der da?«

»Ja, der da.«

»Ich habe den Diener wiedererkannt, der ihn holen gegangen ist.«

»Mach ein bisschen Platz. Ich kann ihn nicht sehen!«

»Das ist der Vater …«

»Das ist der Vater …«, flüsterte es weiter in der Menge, und man drängte sich enger vor dem Tor zusammen, das sich öffnete, um Don Lucio einzulassen, und anschließend wieder schwer ins Schloss fiel.

Die Menge fieberte in ihrer Neugier und hätte der Szene, die sich dort oben in dem erleuchteten Zimmer abspielte, am liebsten beigewohnt.

Abermals öffnete sich das Tor, abermals schloss es sich wieder. Der Diener kam mit einem Brief heraus. Er wurde bestürmt. Es gab immer noch einige, die bis jetzt nicht alle Einzelheiten gehört hatten.

»Ich weiß nichts«, wiederholte der Diener aufgeregt und unfähig, seinen Drang, sich mitzuteilen, zu beherrschen. »Mein armer junger Herr liegt im Bett wegen des erlittenen Schocks. Der Arzt ist da. Derselbe Arzt, der für den anderen gerufen wurde. Ich muss schnell eine Medizin holen. Ich hab's eilig, lasst mich also durch. Wie es gekommen ist? Was soll ich euch sagen? Ich weiß es nicht. Mein junger Herr sagt, dass sein Freund nach dem Essen zum Scherz die Pistole ausprobieren wollte. Das hat er dem Richter gesagt. Das ist die Wahrheit. Der Junge war zum Essen bei uns geblieben, weil er beschlossen hatte: ›Nach Hause gehe ich nicht zurück.‹ Der Baron hat ihm deswegen versprochen, mit seinem Vater zu reden. ›Du wirst schon sehen, es geht alles vorüber!‹ Er wollte das aber nicht. Aber gut, er ist ganz verwirrt gewesen und wusste selber nicht, was er wollte. Offenbar ausreißen. Er hat jedenfalls davon gesprochen, dass er sich auf einem Dampfschiff verstecken will. Ich habe seine wirren Reden selbst gehört. Deshalb wollte der junge Baron ihn in seiner Nähe behalten. Er hat ihn dermaßen gern, als wäre er einer von uns. Es schien denn auch so, als wäre es ihm gelungen, den Jungen zu beruhigen. Vielleicht wäre es besser gewesen, er hätte ihn einfach gehen lassen! Wer kann das jetzt noch sagen? Jedenfalls wollte er die Waffe ausprobieren. Er hat gesagt: ›Du bist gut dran, dass du einen Revolver in Reichweite hast!‹ Mein junger Herr hat darüber gelacht. Dann haben sie angefangen, ein Buch zu lesen. Währenddessen musste der junge Herr ins Arbeitszimmer seines Großvaters, des alten Barons. Deshalb ließ er den Jungen allein. Das machte er öfter so, denn er meinte, sein Freund sei so wohlerzogen, dass er sich nicht einmal in der Bibliothek umschauen würde. Er geht also … Es vergeht keine Minute, und man hört einen Schuss … noch einen … Wie ein Blitz muss dem Jungen diese schreckliche Idee in den Kopf gefahren sein. Wie ein Unwetter. Ja, unsere Gedanken sind tief wie das Meer. Wenn mein junger Herr ihn nicht allein gelassen hätte, mit diesem Revolver in Reichweite ... Wer weiß! Aber zu spät, aus und vorbei ... Vom Zimmer geht es direkt in den Garten. Dorthin ist er gegangen. Sachen gibt es ... Und wenn man ihn jetzt so sieht ... Bei Gott! Man kann nicht glauben, dass er einen gewaltsamen Tod gehabt hat! ... Lasst mich gehen, bitte, sie warten da oben doch auf die Medizin ...«

Er entfernte sich gestikulierend und weiter vor sich hin redend. Die Leute verliefen sich nach und nach, denn es gab nichts mehr zu sehen oder zu hören.

Den halb verlassenen Platz überquerten zwei Frauen in schwarzen Umhängen. Sie klopften an das Eingangstor und traten ein.

Wer noch verblieben war, zerstreute sich nun ebenfalls. Das Schauspiel war beendet. Der düstere und majestätische Palazzo Rossi stand einsam und verschlossen da. Nur ein einziges Fenster leuchtete vom roten flackernden Licht der Fackeln und blieb offen.

Während der drei Tage der Beileidsbesuche wurden die Mädchen auch nachts bei den Nonnen gelassen. Wenn Don Lucio sich flüchtig im Spiegel erblickte – mit Stoppelbart, die Mütze bis an die Ohren gezogen, ganz ein Mann in Trauer –, war er innerlich gerührt, und sobald er einen freien Augenblick hatte, bereitete er sich einige Eier in der

Küche, denn ihm schien es, als ging sein Puls sehr schwach.

Drei Tage lang riss der Strom der Leute nicht ab. Don Lucio hatte viele Freunde und Bekannte: Mitglieder der Klubs und Vereine, denen er angehörte, Leute, die vom Baron abhängig waren, vor allem aber Schuldner.

Manche kamen aus Pflichtgefühl, manche, weil sie hofften, sich bei ihm einschmeicheln zu können, andere aus Neugier, und schließlich kamen viele, um endlich einmal den Fuß in das Haus von jemandem setzen zu können, der zwar nicht menschenfeindlich war, seine Tür jedoch niemals hatte öffnen wollen.

Die vielen Besuche trösteten Don Lucio und nahmen ihm allmählich die bohrende Angst, Alessios gewaltsamer Tod könnte dem guten Ruf, den er sich in der Stadt erworben hatte, schaden. Ausgerechnet in diesen Tagen hatte ihm der Baron nämlich versprochen, ihm und nur ihm allein die gesamte Verwaltung seiner Güter anzuvertrauen, und Stadtrat Laura hatte die Hoffnung in ihm aufkeimen lassen, er könnte einen Vertrauensposten in der Stadtverwaltung erhalten … Alle achteten ihn, erkannten seine Verdienste an, schmeichelten ihm … Aber würden seine Feinde, die im Verborgenen lauerten, um ihn hinterrücks anzugreifen, das tragische Ereignis nicht zum Anlass nehmen, um die Aufmerksamkeit auf sein Privatleben zu lenken, ihn beim Baron und bei allen, die Vertrauen zu ihm hatten, in Verruf zu bringen?

Das waren quälende Gedanken.

Doch seine Befürchtungen schwanden mit jeder Stunde. Der Junge hatte ja nichts hinterlassen, um seinen schrecklichen Entschluss, der vielleicht wie ein Anfall von Wahnsinn über ihn gekommen war, zu erklären. Kein einziges Wort. Seine Hefte und Bücher, die nach wie vor ordentlich auf dem kleinen Tisch an Nicolinas Bett lagen, enthielten keine einzige Erinnerung. Er war aus dem Leben gegangen, ohne eine Spur von sich zu hinterlassen …

Die Besucher traten ohne Gruß in den im Halbdunkel liegenden kleinen Salon ein und nahmen gemäß dem Brauch Platz.

»Ein Schuss … Ein lauter Schuss … Nur Mut, armer Freund …«

Im Flüsterton webten sie sein Lob, wiederholten, dass ein Mann wie er, der nur für die Familie lebte, ein derart furchtbares Unglück nicht verdiene. Don Lucio, der mit dem Kinn auf der Brust tief in den Sessel eingesunken dasaß, schien gemäß dem Brauch kein Wort zu hören.

Es erschien auch ein Artikel in der *Skylla und Charybdis*. Irgendjemand reichte sie mit geheimnisvoller Miene Don Lucio.

»Wenn Sie wieder ruhiger sind. Er ist von einem Gymnasiallehrer und sehr scharfsinnig.«

Leise sprachen sie über den Inhalt des Artikels, in dem von der Dekadenz der Zeit die Rede war und von den Werken, welche die Jugend von heute las, obwohl sie ihr das seelische Gleichgewicht raubten. Don Lucio nahm die Zeitung, ohne ein Wort zu sagen, und legte sie auf den kleinen Tisch, den er neben sich gestellt hatte und auf dem die Beileidsbriefe gesammelt lagen: die Kärtchen der Bekannten, ein Telegramm seiner verheirateten Schwestern aus Catania, ein Brief aus Sant'Agata und dann, deutlich sichtbar, ein Billett mit der Handschrift des Barons und ein Umschlag von Stadtrat Laurà mit dem Stempel der Stadtverwaltung. Es war gut, wenn seine Feinde, sofern unter diesen Besuchern welche waren, gleich sehen konnten, dass Don Lucio Carmine auch im Unglück ein Mann von einer gewissen Bedeutung war ...

Er hörte sich interessiert die verschiedenen Kommentare, die Erzählungen und kurzen Bemerkungen an, denn sie vermittelten ihm eine Vorstellung von dem Eindruck, der in der Stadt entstanden war. Das traurige Ereignis wurde von allen gleich beurteilt. Es schien, als sprächen sie alle mit einer einzigen Stimme.

Alessio wurde mit Nachsicht beurteilt, ein von schlechter Lektüre verdorbener Junge. Die allgemeine Auffassung und der wundervolle psychologische Artikel in der *Skylla und Charybdis* wurden von der Tatsache bestätigt, dass auf dem kleinen Tisch, an dem die beiden Freunde gesessen hatten, ein Buch mit dem Titel *Foma Gordejew* gefunden worden war.

Die Frauen, die sich ins Esszimmer geflüchtet hatten, empfingen keine Besucher. Sie kannten niemanden. Nur ein paar Nachbarinnen aus der Gasse und die Witwe aus dem ersten Stock kamen aus Mitleid mit den beiden armen Frauen, die so allein waren wie zwei gepeinigte Seelen.

An einem der drei Abende kam auch die Frau eines Angestellten, der sich von Don Lucio einen größeren Betrag geliehen hatte. Der Angestellte hatte die Idee gehabt, seine Ehefrau mitzubringen, weil er hoffte, dass ihm nach dieser Ehrfurchtsbezeigung verziehen wurde, eine fällige Zahlung nicht geleistet zu haben …

Sie war eine schlecht gekleidete Frau, die einen zerschlissenen, mit der Zeit rötlich verfärbten kurzen Seidenumhang trug. Während ihres ganzen Besuchs – sie wartete, dass ihr Mann aus dem kleinen Salon kam und sie holte – schwieg sie. Sie saß da mit gefalteten Händen und blickte zu Boden. Ihre geschundenen Hände zeichneten sich mit Verformungen und Knoten in den groben Baumwollhandschuhen ab, ihre Augen mit den leicht geröteten Lidern blickten müde. Ihre Gegenwart brachte eine Art Trost in dieses Zimmer voller Schatten. Sie sprach nicht. Aber es schien so, als sagte sie in der demütigen und resignierten Art armer Frauen ganz leise die Worte:

So ist nun einmal unser Leben. Was sollen wir machen? Es ist so. Sich abarbeiten und die Kinder unter Schmerzen aufziehen ... Wir geben unseren Kindern die Milch und die Tränen, die sich von unseren Wimpern lösen. Und diese Tränen, die sie mit der Milch einsaugen, vergiften für alle Zeiten ihr Leben ...

Und beinahe schien es, als stimmten die Frauen, die gedankenverloren die Köpfe hin und her wiegten, den unausgesprochenen Worten zu.

Kurz bevor die Frau des kleinen Angestellten ging, sagte sie, als nehme sie ein unterbrochenes Gespräch wieder auf:

»... meine Tochter war fünfzehn, als sie von zu Hause weglief. Jetzt haben wir uns wieder vertragen. Aber ihr Mann schlägt sie, und sie muss arbeiten, um ihn zu unterhalten. Oft hören wir es nachts klopfen. Ich mache auf. Dann steht sie draußen und sucht Unterschlupf bei uns. Deshalb reicht das Einkommen meines Mannes nicht ... Wäre es da nicht besser gewesen, wir hätten sie nur ein einziges Mal zu beweinen gehabt, statt zusehen zu müssen, wie sie die Last ihres schlimmen Schicksals mit sich herumschleppt?«

Sie verstummte und trocknete sich die Augen. Sie wollte sagen, dass der Tod manchmal weiser sei als das Leben.

Die beiden Schwestern sahen sie einen Augenblick an. Dann füllte erneut Schweigen das Zimmer.

Antonietta hatte kein einziges Mal geweint. Ihre Augen waren sogar trocken geblieben, als sie das fremde Haus betreten hatte, in dem Alessio lag. Jetzt brannten ihr die Augen, als drängten sich all die nicht vergossenen Tränen zwischen ihren Wimpern.

Nicolina war müde und kraftlos. Zweimal hatte sie die Besinnung verloren. Jetzt gähnte sie, und der Kopf war ihr schwer. Das eintönige Gemurmel aus dem kleinen Salon drang zu ihr. Die Zeit verstrich unendlich langsam. Sie litt, als hätte sie auf eine Erlösung gehofft, die doch nie kam, und warf ihrer Schwester hin und wieder flehende Blicke zu.

Aber Antonietta kauerte reglos im Halbdunkel. Ihr Gesicht zeichnete sich blassgelblich gegen das schwarze Tuch als, als wäre dieses ein düsterer ovaler Rahmen. Sie starrte vor sich hin, ohne die Lider auch nur einmal zu bewegen. Nicolina hatte Angst vor diesem ausdruckslosen Gesicht. In der Dunkelheit schien es zwischen den weichen Falten des schwarzen Tuchs körperlos wie die Erscheinung eines Gespenstes zu sein. Sie zündete die Lampe an, um die Schwester vor sich zu sehen, nicht mehr dieses geisterhafte Gesicht.

Antonietta stand auf. Sie wollte kein Licht. Sie kauerte sich in der entferntesten Ecke zusammen und fiel wieder in ihre Starre.

Und Nicolina sah von Neuem dieses Gesicht aus dem Schatten hervortauchen, wie das Gesicht einer Toten, die aus dem schwärzlichen Wasser eines Sumpfes auftaucht.

Voll Bitterkeit und Zorn schlug sie die Hände vors Gesicht. Schloss sie die Augen, sah sie den toten Neffen auf dem Bett seines reichen Freundes vor sich, gerahmt von zwei großen blakenden Fackeln. Da weinte sie zart und leise vor Schreck wie ein kleines Mädchen, das vom eigenen Schatten verfolgt wird und keinen Fluchtweg findet.

Mein Gott! Mein Gott! Wird es ewig so weitergehen? So? Immer und ewig?

Und sie seufzte und schluchzte laut, um das Schweigen im Zimmer zu brechen, und in der Hoffnung, dass auch Antonietta sich ausweinen möge.

Aber Antonietta blieb ungerührt.

Nicolina bereitete das Zitronenwasser zu. Sie legte die Aktentasche auf den Tisch und schaute sich prüfend um, ob alles an seinem Platz war, ob es dem Schwager an nichts fehlte, wenn er nach Hause kam. Jetzt machte er nach dem Essen immer einen kleinen Spaziergang. Vielleicht schienen auch ihm die Abende lang.

Sie blieb vor der verschlossenen Schlafzimmertür stehen.

»Guten Abend, Antonietta. Ich geh ins Bett«, rief sie ihr zu. Sie wartete einen Augenblick auf eine Antwort hinter der Tür. Dann stieg sie die Holztreppe hinauf, erleichtert dank der Gewissheit, dass sie an diesem Abend ihrem Schwager nicht begegnen würde. Sie war immer noch die ergebene und gehorsame Nicolina. Aber jetzt wich sie ihm aus.

»Lassen Sie mich«, wagte sie mit heiserer Stimme zu bitten, wenn er sie bei den Handgelenken ergriff und an seine Brust zog. »Lassen Sie mich …«

Er ließ sie gehen und sah stirnrunzelnd zu, wie sie sich aus dem Zimmer entfernte, eine zarte und schmächtige Gestalt, inzwischen mit eingefallener Brust und etwas volleren Schultern, doch die schmalen Hüften noch immer kaum erkennbar unter dem weiten, schwarzen Kattunrock. Auch er sah blitzartig Alessio wieder vor sich auf dem fremden Bett, so friedlich, als sei er gegen seinen Willen in dem fremden Haus eingeschlafen. Tief in den Ledersessel gesunken, nahm er seine Brille ab und begann zu rauchen, nur um nichts sehen zu müssen. Nicht immer gelang es ihm, die schmerzvolle Vision auszulöschen. Dann verließ er das Haus. Er suchte irgendeinen Freund auf, der ihn in ein Café oder ins Theater einlud oder ihn wenigstens dazu zwang, ein Stück Weges zusammen mit ihm zu gehen und dabei zu reden.

Er hatte doch wohl das Recht, in Frieden zu leben, schließlich hatte er niemandem etwas Böses getan. Das Schicksal lag nicht in seiner Hand. Denn wenn es in seiner Macht gestanden hätte, dann wäre sein Sohn auch glücklich geworden.

Aber worunter hatte dieser Junge eigentlich gelitten? Hatte er ihn etwa misshandelt? War er etwa ein tyrannischer Vater gewesen, ein liebloser Vater vielleicht?

Seine eigene Kindheit, ja, die war hart und schwer gewesen. Er war bei seinem Großvater aufgewachsen, einem kräftigen und jähzornigen Alten, der ihn erbarmungslos geschlagen und aus dem Haus gejagt hatte … Aber bitte, er hatte in sich selbst die Mittel und das Durchsetzungsvermögen gefunden, um sich seinen Weg im Leben zu bahnen. Und auch seine armen Schwestern, die gottergeben und abwartend waren, hatten ihren Weg gefunden.

Der *andere* – sein Sohn – war ein Schwächling.

Ein einziges Mal (und Don Lucio bebte bei dieser Erinnerung, als klage ihn jemand in seinem eigenen Innern an), ein einziges Mal hatte er ihm zu seinem eigenen Besten etwas abgeschlagen – und das hatte genügt, ihm den Verstand zu verwirren und das Leben zur Last werden zu lassen.

Er war ein Schwächling gewesen. Und bald wäre er zum Verlierer geworden. Es war nicht seine Schuld – ganz bestimmt nicht –, wenn er ihm keinen energischen Lebenswillen einzuflößen vermocht hatte.

Mit diesen Überlegungen, mit diesen Versuchen, sich selbst zu beschwichtigen, gewann er die Kontrolle über sich zurück.

Wenn er mitunter Widerwillen gegen seine Spekulationen empfand – und dafür brauchte er bloß an den Zwischenfall mit der Halskette zu denken –, verfuhr er sofort strenger mit seinen Schuldnern und versteckte die Pfänder nicht länger.

»Ja«, sagte er zu Nicolina, als sie erschrocken die schönen Schmuckstücke in dem Ebenholzkästchen erblickte. »Ja, so lege ich mein Geld an. Die Mädchen werden einmal reich sein. Für sie tue ich das. Aber nun mach nicht auch du noch Geschichten! Glaubst du vielleicht, ich bin jemand, der die Leute zugrunde richtet? Sehe ich wie ein Halsabschneider aus, gerade ich? Das ist ein Geschäft wie jedes andere …«

Nein. Er durfte nicht dulden, dass die Erinnerung an Alessio, der Eindruck *jenes* Weihnachtsabends, und vor allem die falsche Auffassung von Schicklichkeit und Anstand, die er bis dahin gehabt hatte, seinen Willen lähmten.

Und er nutzte jede Gelegenheit, seinen blassen, mageren und hochaufgeschossenen Töchtern in ihren schwarzen Kleidern Angst und Furcht einzuflößen … Er ließ sie nicht einmal mehr zu den Nonnen gehen, damit sie ihm nicht entglitten wie Alessio. Er wollte sie behüten. Er wollte sie nach seiner Art formen. Sie sollten fügsam, einfach, unwissend und wunschlos sein, wie es sich für Frauen schickt.

An manchen Abenden, wenn die Mädchen ins Bett gegangen waren und Nicolina noch im Haus wirtschaftete, rief er sie zu sich. Er umarmte und küsste sie heftig, fast zornig, auf den Nacken, um noch einmal sicherzustellen, dass er der Herr war. Sie sagte dann, bleich und widerwillig:

»Lassen Sie mich …«

Und sie fand sogar die Kraft, sich zu wehren und sich ein wenig loszumachen. Ihn beeindruckte sie damit nicht. Er fand Vergnügen daran, Sieger zu sein, zu zeigen, dass er der Stärkere war. Er hielt sie fest und führte sie, mit einem bösen Lächeln unter dem englischen Schnurrbart, in den kleinen Salon, wo er jetzt allein schlief.

Er spürte, wie Nicolina in seinen sehnigen Armen zitterte. Aber darum wollte er sich nicht kümmern.

In solchen Nächten fand Nicolina keine Ruhe mehr, während ihr Schwager schlief und schnarchte. Da saß sie am Fußende des kleinen unberührten Bettes an dem Tischchen, auf dem sie Alessios Bücher wohlgeordnet hütete, und wachte betend. Sie betete und bat um Vergebung auch für ihren Schwager.

Obwohl das Leben weiterzugehen schien wie bisher, war es doch für alle unwiederbringlich anders geworden. Auch Don Lucio wurde dessen gewahr. Seine Schwägerin bediente ihn mit der gleichen Sorgfalt wie immer, aber ihr bleiches, leidendes Gesicht trug den resignierten Ausdruck derjenigen, die eine unangenehme Pflicht erfüllt. Antonietta verließ ihr Zimmer nur, wenn sie gerufen wurde. Sie schaute Don Lucio unverwandt an, als wollte sie mit ihm sprechen, es aber nicht wagte. Ihre stumme, leidende Gegenwart reizte Don Lucio so sehr, dass er am Ende riet, sie zur Essenszeit nicht mehr zu rufen …

»… Es hat sich gezeigt, dass sie lieber allein ist …«, schloss er, um seinen Vorschlag zu rechtfertigen, den er in so brüskem Tonfall geäußert hatte, dass er wie ein Befehl wirkte.

Die Mädchen deckten einen kleinen Tisch im Schlafzimmer und brachten ihr die Mahlzeiten. Antonietta, die sich einen bizarren kleinen Altar neben dem Bett errichtet hatte, dankte Gott in ihren Gebeten und war froh darüber, dass ihr Mann sie endlich in ihrem kleinen Refugium in Ruhe ließ. Sie kümmerte sich um nichts, sie interessierte sich für nichts. Nur die Töchter fanden noch ihre Aufmerksamkeit.

»Hat Tante Nicolina euch gern?«, fragte sie die beiden. »Seid ihr glücklich? Mein Gott, ich danke dir. Ihr seht ja, dass ich nichts für euch tun kann. Die Madonna wird nun eure Mama sein und euch beschützen. Hätte ich ihr unseren Alessio nur ebenso ans Herz gelegt! Nun ja, wir können das Gute nicht voraussehen, das Böse nicht verhindern …«

Sie aß sehr wenig und zog sich nicht mehr aus, wenn sie schlafen ging, sondern fiel vor dem kleinen Altar einige Stunden lang in einen leichten Schlummer. Ihr Blick wurde ebenso starr wie ihr Denken.

Sie verlor zunehmend den Verstand.

Mit der Zeit machte sich Don Lucio Gedanken über Antoniettas Zustand. Sie würden eine Weile ihre Ordnung ändern müssen. Er war bereit, sich zu opfern, alle seine Gewohnheiten aufzugeben und Geld mit vollen Händen hinauszuwerfen, nur damit endlich ihr *altes* Leben wieder seinen Gang nähme, erneuert und frei von diesem grauen Nebel, der auf allen lastete. Geld dient dazu, unsere Existenz behaglich zu machen! Und er war ja kein

Geizkragen, der aus Besitzgier Geld anhäufte. Stets fand er sich zu Ausgaben bereit, um das Haus mit Annehmlichkeiten auszustatten und sich die Tage zu verschönern.

Er beschloss, mit Nicolina zu sprechen, weil sie ihm vernünftiger vorkam als ihre Schwester und weil er mit seiner Frau nicht direkt darüber reden wollte. Seit *jenem Abend*, als sie sich in einem Zimmer des Hauses der Rossi gegenübergestanden hatten, waren sie einander aus dem Weg gegangen.

»Setz dich dorthin«, sagte er feierlich. Und er begann in aller Ruhe seine Pfeife anzuzünden, während seine Schwägerin, die Hände im Schoß, in ihrer ergebenen und verzagten Haltung abwartete.

»Ich bin auf einen guten Gedanken gekommen«, sagte er schließlich, nachdem er einige Rauchschwaden ausgestoßen hatte. »Du bist ganz abgemagert. Ein Klimawechsel würde dir guttun.«

Und da Nicolina ihn nicht zu verstehen schien und keine Freude über diese Anteilnahme erkennen ließ, fügte er hinzu:

»Du bist sechs Jahre nicht in Sant'Agata gewesen. Und deine Mutter ist schon alt. Ich gebe dir die Erlaubnis und die Mittel, einmal hinzufahren.«

Nicolina blickte ihn von unten her an.

»Nein«, antwortete sie. »Ich gehe nicht weg.«

Don Lucio glaubte die raschen Gedanken der Schwägerin zu erraten und erklärte in ungewohnt sanftem Ton: »Nicht du allein. Ich dachte selbstverständlich auch an Antonietta und die Mädchen. Ihr solltet alle ein wenig Ablenkung genießen.«

Nicolina senkte den Kopf. Aus Angst, gehen zu müssen, vielleicht für immer gehen zu müssen (war das die Absicht des Schwagers?), füllten sich ihre Augen mit brennenden Tränen. Sie liebte das Haus nicht – o nein! –, die bitteren, schmerzlichen Erinnerungen, die es bevölkerten und als Teil ihrer Vergangenheit zu ihrem Leben gehörten, aber schon.

Gehen müssen, jetzt, wo sich nichts mehr richten ließ …

Lieber bringe ich mich um, dachte sie. Ganz wie er.

Dann aber dachte sie an Antonietta, und ein bitterer Trost durchströmte sie:

»Antonietta wird das nicht wollen«, schloss sie und erhob sich, weil sie nichts weiter hinzuzufügen hatte.

Don Lucio sah sie überrascht an. Er rauchte seine Pfeife und ging dann entschlossen ins Zimmer seiner Frau.

Es musste sein.

Antonietta saß am Fenster und strickte Strümpfe. Als sie ihren Mann hereinkommen hörte, legte sie die Arbeit nieder und wartete ruhig ab. Don Lucio setzte sich und sagte seiner Frau, was er seiner Schwägerin schon gesagt hatte, mit denselben Worten.

»Warum willst du mich wegjagen?«, fragte Antonietta sanft.

Don Lucio tat so, als werde er zornig. Er schrie, er denke schließlich immer an das Wohl der anderen und ernte nur Undank. Aber natürlich, mit Schroffheit wäre er schon längst am Ziel, während ihm seine Güte nur zum Nachteil gereichte.

»Begreifst du nicht, dass dieses Leben hier unerträglich ist? Das habe ich Nicolina deutlich gemacht. Aber auch sie besteht darauf, zu Hause zu bleiben.«

Antonietta atmete erleichtert auf. Also selbst ihre Schwester, ihre Feindin, gab ihr recht. Wieder einmal waren sie sich einig, ohne ein Wort miteinander gewechselt zu haben. Diese Verbindung, die sie im Leben wie im Tod zusammenhielt, war hartnäckiger als der Groll, der sie noch im Leid trennte …

Jetzt geriet Don Lucio in echten Zorn. Er lief im Zimmer auf und ab und brachte mit Macht alles vor, was er vergeblich, aus Angst, seinen Gesundheitszustand zu verschlimmern, zurückzuhalten versucht hatte.

»O nein«, sagte er immer wieder mit heiserer Stimme, »damit, dass ihr euch wie Anklägerinnen aufführt, macht ihr mir keine Angst. Ist es etwa meine Schuld? Antworte! Nimm diese Last von mir. Beschuldigt ihr mich allen Ernstes? Ich trage keine Schuld. Ich habe meine Pflicht getan. Ich habe nichts, absolut nichts getan, damit er leidet, aber er … er war eben ein Schwächling …«

Sein Zorn verrauchte mit den letzten Worten, die wie Schluchzer im Zimmer nachhallten.

Antonietta hörte ihm zu, ohne das geringste Erschrecken. Er konnte ihr nichts Böses mehr tun …

Ihre Stimme war völlig ruhig, als sie sagte:

»Was machst du dir nur für Sorgen? Es ist nicht deine Schuld gewesen und nicht meine. Tatsächlich nicht meine. Wenn ich begriffen hätte, dass er litt, unter allem litt … Denn jetzt begreife ich es. Ich erinnere mich an so viele Dinge, und sie kommen mir nun ganz deutlich in den Sinn, und alles wird mir klar. Er litt unter der Zwietracht, die in unserem Haus herrschte. Wir haben ihm alle ein wenig das Leben vergiftet, so wie man einen frischen Quell vergiftet. Hätte ich das rechtzeitig gemerkt, wäre ich mit ihm zusammen weggegangen. Die Welt ist groß. Ich hätte schon ein Schlupfloch für uns beide gefunden, wo er das Böse hätte vergessen können, das sich ihm hier zeigte. Aber ich habe ihn nie verstanden. Jetzt ist es zu spät für mich wegzugehen. Jetzt, wo er nicht mehr da ist. Ohne es zu wollen, haben wir ihn umgebracht, und doch glaubt jeder von uns, keine Schuld zu haben ... Nicht zornig werden, Lucio. Siehst du, jeder von uns hat die Last des eigenen Schicksals zu tragen. Er war zu zart, um mit dieser Last seinen Weg bis zum Ende zu gehen. Ja«, wiederholte sie, als spreche sie im Traum, »wir haben ihn alle ein wenig getötet, ohne es zu wollen. Reg dich nicht auf. So ist es nun mal ... Früher hatten wir zu Haus einen Zeisig. Er war sehr zahm. Er hüpfte durch die Zimmer und setzte sich auf meine Schulter. Eines Tages machte ich die Tür auf, weil ich gerufen wurde. Das Vögelchen wurde erdrückt. Nicht der, der mich rief, war schuld, nicht ich, die ich die Tür öffnete. Konnten wir jeden Augenblick daran denken, dass wir den winzigen Vogel im Haus hatten? So ist es nun mal. Wir hatten alle vergessen, dass da ein Wesen um uns war, das alles verstand und darunter litt. Nicht böse werden, Lucio. Das hat ja keinen Zweck.«

Aber Don Lucio wurde nicht mehr böse. Dieser Tonfall, der zu ruhig war, wühlte ihn auf. Sie sprach ruhig und vernünftig, als rede sie über etwas ganz Fernliegendes. So hatte er einmal einen Irren reden hören. In diesem bleichen, schlaffen Gesicht glühten ihre geweiteten Augen völlig ausdruckslos.

Ganz sanft, als spreche er zu einem kranken Kind, sagte er:

»Ich mache dir einen Vorschlag. Wollen wir Nicolina eine Zeit lang nach Sant'Agata schicken?«

Seine Frau sah ihn, nun ebenfalls aufgewühlt.

»Nein«, bat sie. »Das will Alessio nicht. Auch heute Nacht hat er mir gesagt: ›Mama, jag deine Schwester nicht weg.‹«

»Ja, aber ... Hör mal zu! Sei doch vernünftig!«, rief Don Lucio gebieterisch aus. »Nicolina fährt mit den Mädchen weg. Und ich ... wir ... fahren woandershin. Nach Catania zu meinen Schwestern. Oder nach Patti auf die Ländereien des Barons. Da hast du Abwechslung. Geld spielt keine Rolle ... und das Leben«, fügte er beinahe scheu mit leiserer Stimme hinzu, »fängt für alle wieder an.«

»Jag mich nicht weg, Lucio!«, bat Antonietta. »Es wäre reine Bosheit von dir, wenn du mich auch noch daran hindern wolltest, ihn zu beweinen. Ich störe dich doch nicht, wenn ich hier im Zimmer bleibe.«

Dann schwieg sie. Und ihre ganze Person nahm die zaghafte Haltung Nicolinas an.

In diesem Augenblick glichen sich die beiden Schwestern. Und sie dachten dasselbe ... Und doch hätten sie sich einander nie genähert und nie ein Wort des Trostes gewechselt.

Don Lucio dachte an die Zeit, als sie junge Mädchen in Sant'Agata gewesen waren. Sie trugen die gleichen Kleider, hielten sich an der Hand und schauten ihn mit dem gleichen sanften und ruhigen Ausdruck der Verehrung an.

Das viele Sprechen hatte Antonietta ermüdet und aufgewühlt. Verwirrt hob sie den Blick.

»Geh weg!«, sagte sie. »Wenn ihr da seid, kommt er nicht herein … Er ist so schön! … Er kommt, bleibt neben mir stehen und spricht mit mir. Geh weg, ich bitte dich darum …«

Sie lächelte. Dieses stumpfe Lächeln im verwirrten Gesicht erschreckte Don Lucio, und fluchtartig verließ er das Zimmer.

Im Korridor hatte er das Gefühl, keine Luft mehr zu bekommen. Der Boden schwankte unter seinen Füßen. Er lehnte sich an die Wand.

Da gab es etwas, das sich seinem Willen entzog.

Zum ersten Mal gab es jemanden (nicht seine Frau, keine anderen Menschen) … jemanden ohne Stimme, ohne Gesten, der sich ihm entgegenstellte.

Aber er – und nur er! – durfte das Sagen in diesem Haus haben … Er trat ins Esszimmer und setzte sich an seinen üblichen Platz, wobei er beide Hände auf die Brust legte, um seinen Herzschlag zu spüren.

Sich nach dem Essen Aufregungen und Streitgesprächen aussetzen? Zu oft vergaß er, dass er krank war.

Unter dem stechenden Schmerz in der Herzgegend, der ihn nicht mehr freigab, presste er die Lippen zusammen.

Man musste das Leben nehmen, wie es war. Abwechslung suchen, öfter ausgehen, gesellig sein. Es ist sehr gesund, nach dem Mittagessen mit einem Bekannten einige Worte zu wechseln und über belanglose Dinge zu reden.

Er war Mitglied der Humanitas (ein Verein zum Schutz junger Mädchen), er hatte den Vertrauensposten in der Stadtverwaltung erhalten (den, der ihm vom Stadtrat Laura versprochen worden war) … Er hatte viel außer Haus zu tun. Er konnte nicht so verdummen wie eine Frau.

Er erhob sich und kleidete sich zum Ausgehen an. Im Vorraum half Nicolina ihm in den Staubmantel und bürstete ihm den Kragen. Aber die Aufmerksamkeiten seiner zarten, blassen, schwarz gekleideten Schwägerin bereiteten ihm keinerlei Befriedigung.

Ganz langsam stieg er die Treppe hinunter, tief beunruhigt durch den wiederkehrenden Schmerz. Da konnte er also von heute auf morgen sterben, da konnte er das Haus verlassen und nie mehr heimkehren.

Nein, das Leben musste noch einmal von vorn anfangen, musste wieder werden wie früher.

Er machte sich langsam auf den Weg. Eine Minute lang zeichnete sich sein Schatten riesig und schwankend in der schlecht erleuchteten Gasse ab.

Und das Leben, in dem ein Tag aussah wie der andere, begann von Neuem. Das Haus in der Gasse, wo alles regelmäßig wie ein Uhrwerk funktionierte, schien wie früher voller Frieden. Alle nahmen ihre alten Gewohnheiten wieder auf, gingen ihnen ebenso mechanisch nach, wie sich eine arbeitende Hand mechanisch bewegte. Alle lebten für sich mit einer großen inneren Einsamkeit, einander fremd und damit gleichgültig gegenüber denen, die dieselbe Luft atmeten und von demselben Brot aßen, als wären sie alle Gäste im selben Hotel, würden sich aber nicht kennen …

Wieder senkt sich ein violetter Abend auf die Gasse voller Schatten, und das Licht, das noch hier und dort rot und orangefarben auf der endlosen Fläche der Dächer bis zum fernen Horizont leuchtet, verblasst allmählich.

Antonietta ist in ihrem Zimmer. Sie versteht fast nichts mehr von dem, was ihr gesagt wird. Im Haus haben sich bereits alle mit dieser neuen, aber erträglichen Last abgefunden. Im Dämmerlicht sitzt sie hinter dem geschlossenen Fenster und strickt, während sie mit ihren Heiligenbildern spricht, in denen sie liebe gute Menschen sieht, von denen sie nicht betrogen wurde.

Nicolina ist oben in ihrem kleinen Zimmer. Um diese Zeit wird sie nicht gebraucht. Sie näht und denkt nach. Ihre Gedanken sind bitter, durchtränkt von ungeweinten Tränen. Da der Abend sehr warm ist, steht ihr Fenster offen. Dieses kleine runde Fenster, durch das sie so oft mit Alessio hinausgeschaut hat. Noch heute scheint in dem einsamen Zimmer die junge Stimme zu klingen:

»Sieh mal, Tante! Um diese Zeit ist das Zimmer die Kabine eines Schiffes, das gerade den Hafen verlassen will.«

Das ganze Haus, das alte Schiff, das mit seinen Reisenden, die noch nie den fernen Horizont gesehen haben, im Hafen verfault, wird schnell vom Dunkel der Nacht eingehüllt. In keinem der Zimmer brennt Licht. Don Lucio ist nicht zu Hause. Nach seiner Rückkehr kann man ihn im Esszimmer am Tisch sitzen sehen, auf den der Lichtkreis der Hängelampe fällt – manchmal leicht schwankend, wenn ein Schritt das Zimmer erschüttert.

Er wird rufen:

»Agata! Sag Tante Nicolina, sie soll mir die Pfeife stopfen.«

Die beiden Mädchen sind auf der Terrasse, wo früher Tante Nicolina saß. Wie sollen sie ins Bett gehen, wenn die Luft so milde ist und sie nicht schlafen können?

Sie halten sich an der Hand und schweigen. Was sie denken und was ihre kleinen Herzen erfüllt, die an diesen stillen Sommerabenden sanft wie die vom Wind bewegten Blätter einer Espe schlagen, ist zu vage und zu süß, als dass sie es ausdrücken könnten. Agata ruft aus:

»Wie viele Sterne am Himmel stehen! Wollen wir sie zählen?«

Und sie versuchen, sie zu zählen. Und dann schweigen sie. Blütenduft weht heran. Es mag irgendein Garten in der Nähe sein. Ein Geräusch ... Vielleicht kommt es von der breiten Straße, jenseits der Gasse.

»Findest du nicht auch«, sagt Agata, »dass man heute das Meer riechen kann?«

»Schweigst du wohl!«, ruft Carmelina, die immer an Alessio denken muss, wenn jemand vom Meer spricht. Sie horchen. Ein Schritt, eine Stimme in der Gasse. Ein ungestümes Brodeln in den jungen Herzen. Sie wachsen wie diese seltsamen überzarten Blumen auf, die aus alten Mauerritzen hervorsprießen und die der erste Regen zerreißt. Don Lucio hüstelt. Die beiden Mädchen fahren zusammen, lachen aber sogleich über ihr Erschrecken. Dann schweigen sie und verharren wieder, erwartungsvoll bewegt, während die Stunden still und feierlich unter dem Sternenhimmel verstreichen.

Nachwort von Christiane Pöhlmann

Maria Messina: verstummt, verkannt und fast vergessen

Stille Wasser sind tief – und kleine Rinnsale können zu mitreißenden Bächen anschwellen. Maria Messina ist eine Schriftstellerin der leisen Töne, die notgedrungen, dann aber aus eigener Entscheidung, früh verstummt ist. Schon bald sollte Vergessen sie umschließen. Doch ihre Stimme, einmal wahrgenommen, bleibt unvergesslich.

Kleine Rinnsale – so hat Messina eine frühe Sammlung von Erzählungen genannt. Ein kluger Titel. Eine gleichnamige Erzählung gibt es nicht, doch bringt das Rinnsal Wasser ins Spiel und damit ein wiederkehrendes Motiv im Werk der früh verstorbenen Autorin. In Palermo geboren, verbringt sie ihre Jugendjahre im sizilianischen Mistretta und zieht 1909 aufs italienische Festland, zunächst in die Marken. Von Sizilien jedoch kommt sie nicht los: Sie liebt die Kultur und den Dialekt der Insel, sämtliche Texte dieser Sammlung sind von den dort gewonnenen Eindrücken geprägt, durch und durch »sicilianissima« sei sie laut eigener Aussage. Allgegenwärtig ist zudem das Meer, als Sehnsuchtsort, als Inbegriff von Weite und Offenheit, aber auch als Gefahr und Bedrohung.

Zu Messinas Lebzeiten gab es keine Starkritiker im heutigen Sinne – wäre das jedoch der Fall gewesen, hätte

Giuseppe Antonio Borgese wohl gute Aussichten auf den Posten gehabt. Sein Urteil galt, und für Messina fand er nur lobende Worte. In ihr sah er eine der interessantesten Begabungen unter den zeitgenössischen Schriftstellerinnen. Bereits ihre erste Veröffentlichung *Feine Kämme* (*Pettini-fini*) erhält einen Preis, der Jury gehört natürlich auch Borgese an. Im Weiteren wird er noch eine Rolle spielen, an dieser Stelle sei nur sein Urteil zu ihren Texten zitiert: »Es sind *kleine Rinnsale* in nahezu morastigem Grund, in dem in vollständiger Geräuschlosigkeit Leben versickern, denen selbst zur Wehklage die Kraft fehlt.«

Lautlos untergegangen wäre beinahe auch Messinas Werk. Sehr lange waren selbst die Eckdaten aus der Vita dieser Frau ungeklärt. Da hieß es über Jahre, sie sei am 1. Januar 1944 gestorben, bis irgendwann die Sterbeurkunde aufgefunden werden konnte: Maria Messinas Tod fiel auf den 19. Januar. Danach fischte man weiter im Trüben, denn es gab kein Grab – bis man ihm durch archäologische Anstrengungen auf die Spur kam: Die Schriftstellerin war ohne eigene Tafel neben ihrer Mutter bestattet worden. Heute haben beide Frauen ihre letzte Ruhestätte in Mistretta gefunden, mit exakten Lebensdaten und einem Hinweis unter den Namen: Maria Messina – Schriftstellerin. Gaetana Traina – Mutter der Schriftstellerin. Die kleine Stadt auf Sizilien ist denn auch der einzige Ort, der einen Messina-Kult pflegt, mit Touren zu den Schauplätzen, einem Schreibwettbewerb und der unerschütterlichen Überzeugung, Messina sei eine Tochter ihrer Stadt. Sie selbst dürfte, eine erste Spekulation, kaum etwas dagegen einzuwenden gehabt haben.

Wer sich Maria Messina heute annähern möchte, wird jenseits ihrer Texte kaum etwas zu ihrem Werdegang, ihren Vorlieben, ihren politischen oder persönlichen Ansichten finden. Ihr Archiv ist nach der Bombardierung von Pistoia in Flammen aufgegangen, nur wenige Briefe haben sich durch die Kriegswirren hindurch erhalten. Auskunft über sie gibt neben der schmalen Korrespondenz und einigen Erinnerungen ihrer Nichten ausschließlich Messinas Prosa, ein Beifang der Lektüre, doch ist erstaunlich, was sich aus ihren Texten filtern lässt.

Ihre beiden Nichten Annie und Nora hat Messina mit Märchen und Geschichten erfreut. Das kinderliterarische Werk lag ihr immer am Herzen. Auch diese Erzählungen zeigen die Form, der Messina ihr Leben lang die Treue hält: Es sind kürzere Texte. Die beiden Mädchen genießen die Stunden mit ihrer Tante in einem sonst eher tristen, freudlosen Haushalt. Die Ehe der Großeltern war zerrüttet, Messinas Mutter zwar eine kluge, obendrein erzählerisch begabte Frau, eine verarmte Adlige, doch der Vater ein Mann mit Hang zum Tyrannischen. Aus der ursprünglichen Liebesheirat hatte sich die Liebe schnell davongemacht. Wie despotisch der Vater Gaetano Messina aufgetreten ist, zeigt sich daran, dass er, ein Schulinspektor, es seiner Tochter strikt verbot, eine Schule zu besuchen. So bildete sich seine Jüngste, geboren am 14. März 1887, unter Anleitung der Mutter und des fünf Jahre älteren Bruders Salvatore im Selbststudium aus.

Das karge biographische Material macht es unmöglich, der einen oder anderen Figur in den Texten Messinas ein konkretes Vorbild zuzuordnen. Vom Vater und Bruder dürften allerdings einige Züge entlehnt sein. Mit Salvatore verband Messina ein liebevolles Verhältnis, ihr Bruder hat sie immer wieder ermutigt, sich als Schriftstellerin zu versuchen. Mit ihm vor Augen vermag Messina – und das ist bisher weitgehend ausgeblendet worden –, auch sensible Männerfiguren zu zeichnen und sich der Frage zuzuwenden, wie eine gleichberechtigte Beziehung zwischen Mann und Frau aussehen könnte, ob es zwischen den Geschlechtern ein Verhältnis auf Augenhöhe geben kann. Bei der Beantwortung scheint sie jedoch eher die Ehe ihrer Eltern als Maßstab angelegt zu haben, denn Glück hält Messina für ihre Figuren selten bereit.

Maria Messina war eine begeisterte Leserin. Sie hat Giovanni Verga verehrt und einen langjährigen Briefwechsel mit ihm unterhalten, ihm ein Bild von sich geschickt und ein Porträt von ihm erbeten. Ihre zweite Erzählsammlung, die *Kleinen Rinnsale* (*Piccoli gorghi*), widmet sie dem »Illustre Maestro«. Im Gegenzug lässt Verga ihr Förderung zuteilwerden, für die Messina ihm ebenso schwärmerisch-verzückt wie aufrichtig dankt. Nebenbei schält sich aus diesen Briefen das Bild einer jungen Frau heraus, die ihre literarische Karriere mit Nachdruck und Entschlossenheit vorantreibt. Sie putzt Klinken, knüpft Kontakte und hakt nach, wenn die Veröffentlichung eines Werkes sich verschleppt.

Ihre Bemühungen sollten sich auszahlen. Maria Messina galt etwas in ihrer Zeit, wurde besprochen und gelesen. Eine Rezension im Times Literary Supplement belegt die frühe Übersetzung ihrer Romane ins Englische. In Italien wird immer wieder ihre Originalität und Individualität herausgestellt, »sie sucht ihre eigenen Wege«, heißt es angesichts ihrer Prosa. Heute würde dergleichen vielleicht wohlfeil klingen, doch muss man sich vergegenwärtigen, was parallel zu Messinas Schreiben rauschte und sauste.

In dem Jahr, als Maria Messina mit *Pettini-fini* ihre erste Erzählsammlung herausbringt, veröffentlicht Filippo Marinetti sein futuristisches Manifest. Er preist darin die Geschwindigkeit, Messina hingegen tut mit ihrer Literatur etwas, das sich gut mit einem modernen Ausdruck beschreiben lässt: Sie entschleunigt. Ihre Werke sind Preziosen der Kontemplation. Knapp zwanzig Jahre schreibt und veröffentlicht sie, von 1909 bis 1928, bis auf den Ersten Weltkrieg finden die Zeitläufte indes kaum Eingang in ihr Schaffen: Die russische Revolution oder der faschistische Marsch auf Rom sind noch nicht einmal als Hintergrundmusik zu vernehmen. Spirituelle Séancen, für die sich Arthur Conan Doyle, Rudolf Steiner oder Thomas Mann begeistern konnten, die Décadence, für die D'Annunzio steht, Technologieobsession, der Expressionismus, der Ausdruckstanz einer Isadora Duncan, die Anfänge des Abstrakten in der Malerei … nichts davon in Messinas Texten. Eine Ausnahme gibt es: In ihrem Roman *Eine Blume ohne Blüte* fängt sie die Zwanzigerjahre mit ihrer speziellen

Mode in Haarschnitt und Kleidung ein, porträtiert sie die Generation der *Flapper* – nur um diese Moderne dann mit Archaik und überkommenen Rollenbildern zu konfrontieren. Einmal mehr sucht sie ihre »eigenen Wege«, denn auch für diesen Konflikt weiß sie keine Antwort, die Schuld allein auf einer Seite sucht.

Die Phänomene ihrer Zeit, die Messina aufgreift, sind aus heutiger Sicht eher als zeitlos einzustufen, als chronische Krankheiten. Da geht es in ihren Erzählungen um Arbeitsmigration – wobei sie meist die Rückkehr nach Italien schildert –, in allen Texten um Selbstentfaltung oder bei Frauen um die Vereinbarkeit von Beruf und Privatleben. Nicht ohne Grund wird die für das Jahr 2025 vorbereitete Sammlung ihrer Erzählungen *Sterne, die fallen* heißen: Sternschnuppen als Glücksversprechen, gefallene Sterne für geplatzte Träume …

Außerhalb ihrer Literatur hat sie sich durchaus mit politischen Fragen beschäftigt. So kennt sie die Studie *L'anima della donna* (*Die Seele der Frau*) von Gina Ferrero Lombroso, die unter anderem auf die Möglichkeiten der Berufsausübung von Frauen eingeht. In ihrer schriftstellerischen Tätigkeit sah Messina ohne Frage eine Chance, Beruf und Berufung zusammenzufügen. Umso schmerzlicher muss für sie gewesen sein, was sie in Briefen an Verga bereits 1914 andeutet: Sie ist krank. Maria Messina litt unter Multipler Sklerose. Anfangs wehrt sie sich hartnäckig gegen jede Einschränkung in ihrem Leben, schreibt weiter, liest weiter, korrigiert weiter. Ihre Nichte Annie weiß zu berichten, wie sie mit unsicheren Fingern auf die Schreibmaschine einhämmerte. Irgendwann fehlt Messina selbst zum Umblättern der Buchseiten die Kraft. Nach dem Tod ihrer Eltern zieht sie sich in den Dreißigerjahren zurück und lebt allein mit einer Krankenschwester in Pistoia.

Neben den Werken für Kinder und Jugendliche liegen von Maria Messina heute sieben Erzählbände und sechs Kurzromane auf Italienisch vor. Nach ihrem Erfolg zu Lebzeiten wird sie in den Achtzigerjahren von Leonardo Sciascia wiederentdeckt. Als er eine Anthologie mit Texten zu Migrationsschicksalen zusammenstellt, stößt er auf diese Autorin – und kann sich nur wundern: Wieso ist dieser Name, dieses Werk in Vergessenheit geraten? In den Literaturgeschichten keine Spur von Messina!, empört er sich. Vor allem aber staunt er, dass »angesichts der mit Nachdruck vorgebrachten Forderungen von Frauen und Feministinnen«, sich Schriftstellerinnen der Vergangenheit zuzuwenden, sie wiederzuentdecken, um durch ihre Werke ein Bild von der »weiblichen Lebenswelt allgemein, in Italien und insbesondere im Süden des Landes« zu gewinnen, die Texte Messinas ignoriert werden. Man müsste sich doch auf ihre Geschichten stürzen … In diesem Staunen könnte durchaus eine Antwort verborgen sein. Sciascia sagt es selbst: Anhand von Literatur soll eine Realität rekonstruiert werden. Zu ergänzen wäre wohl: eine Realität, die in bestimmten Farben gezeichnet ist. Die damalige feministische Bewegung suchte zu Recht nach Belegen für die Unterdrückung von Frauen, ein verdientes Anliegen, damals wie heute. Die Kehrseite der Medaille: Der Feminismus zielte auf Gesellschaftskritik und wollte politische Forderungen formulieren. Er brauchte Kronzeuginnen, um mit ihrer Hilfe die Lage der Frauen zu verbessern. Messina hat literarisch jedoch in erster Linie das Innenleben ihrer Figuren erhellt. Dieser psychologische Aspekt ist es, der ihre Texte ins Zeitlose entrückt, andererseits aber eine direkte Umsetzung ins politische Programm verhindert. Drastisch ausgedrückt: Messina hat die bedrückende Lebenswelt von Frauen im Süden Italiens sehr genau beschrieben, aber keine einzige Forderung zur Verbesserung ihrer Lage formuliert. Als Mitstreiterin der feministischen Bewegung dürfte sie daher nicht unbedingt die erste Wahl gewesen sein. Erschwerend kam ein weiteres Moment hinzu. Die Frauenbewegung gab und gibt Autorinnen mit markanter, verwertbarer Biographie den Vorzug, über Messina ist jedoch kaum etwas bekannt. Sibilla Aleramo hat mit *Liebesbriefen an Lina* literarisch ein Zeugnis ihrer lesbischen Beziehung hinterlassen, Matilde Serao und Marchesa Colombi können beide gescheiterte Ehen vorweisen, Letztere auch noch eine Wohngemeinschaft mit einer Frau. Alle drei Autorinnen haben für Zeitungen gearbeitet oder diese sogar gegründet – und nur im Fall von Marchesa Colombi wäre es ungerecht, ihre Bekanntheit (in Italien) ausschließlich auf ihre Biographie zurückzuführen. Ihre *Provinzheirat* ist ein wunderbares Stück Literatur. Aber Serao und Aleramo …?

Nach der Wiederentdeckung Messinas durch Sciascia folgten Übersetzungen in andere Sprachen, meist mit ähnlichem Schicksal: literarisch hinreißend – aber wo bleibt das emanzipatorische Vorbild? Da es jedoch nie zu spät ist, auf den Sog des eigenen Denkens und die Güte eines Textes zu setzen, lässt sich gegenwärtig von einer sanften dritten Welle sprechen. In Italien erscheinen Neuauflagen, Frankreich übersetzt gerade weitere Werke, im deutschsprachigen Raum geben die Wiederveröffentlichung von *Das Haus in der Gasse* und die beiden Erstübersetzungen *Eine Blume ohne Blüte* und *Sterne, die fallen* die Möglichkeit, diese eigensinnige, sensible Autorin kennenzulernen, sie wieder oder weiter zu entdecken.

Bei *Das Haus in der Gasse* stellte sich die Frage, ob nach über dreißig Jahren eine Neuübersetzung geboten ist. Ute Lipka hat mit ihrer deutschen Fassung jedoch in einer Weise überzeugt, dass von dem Gedanken Abstand genommen wurde. Lipka hat jenen lyrischen Grundton Messinas getroffen, der sich durch ihr ganzes Werk zieht. Damit hat sie alle gewonnen, die nun an der »Mission Messina« mitwirken, um der Autorin zur verdienten Würdigung zu verhelfen und der Leserschaft ein anregendes Lektüreerlebnis zu schenken. Die beiden geplanten Erstübersetzungen werden sicher in einigen Punkten andere Akzente setzen, die Richtung indes wird sich nicht ändern. Die Durchsicht der Übersetzung Lipkas hat allerdings einen Überraschungsfund mit sich gebracht: den Titel des Romans, den Alessio vor seinem Tod liest. *La vita è una sciocchezza* lautet er im Original. Lipka wählte dafür *Unfug des Lebens*. Nun gibt es im Deutschen von Prentice Mulford das Werk *Der Unfug des*

Lebens, und das könnte sogar passen, weil der Text 1913 veröffentlicht wurde und der Autor auch zur See fuhr. Alessio mit seiner Leidenschaft fürs Meer wäre durchaus ein denkbarer Leser. Der Haken an der Sache: Von Mulfords Werk scheint es keine Übersetzung unter diesem Titel ins Italienische zu geben, geschweige denn damals gegeben zu haben. Mit heutigen Mitteln lässt sich jedoch im Nu feststellen, dass Maxim Gorkis *Foma Gordejew* im Italienischen unter *La vita è una sciocchezza* bekannt ist – und das wäre ein spektakulärer Hinweis darauf, dass Messina zumindest den Namen Anton Tschechows gekannt hat, mit dem sie seit der Wiederentdeckung durch Sciascia verglichen wird: Gorki hat seinen Roman Tschechow gewidmet. Und Foma ist Sohn eines reichen Wolgaschiffers, der nach dem Tod des Vaters rebelliert und den Weg, den sein Vormund für ihn bestimmt hat, nicht einschlagen will …

Der Literaturkritiker Borgese vergleicht Maria Messina noch mit Charles Dickens und würdigt sie in seinem umfassenden Werk *La vita e il libro* (*Leben und Buch*) von 1913 mit einem Aufsatz, den er mit »Eine Schülerin Vergas« betitelt. Das ist ein beachtliches Lob, denn die junge Schriftstellerin hatte zu diesem Zeitpunkt erst zwei Erzählsammlungen vorgelegt, während Verga eine anerkannte Größe war, seinen Zenit längst erreicht, womöglich schon überschritten hatte. Aus heutiger Sicht könnte sich diese Starthilfe jedoch als verhängnisvolle Etikettierung erweisen. Unter Umständen hat sich literarisch wiederholt, was für den Feminismus angedeutet wurde: Messina wird durch die falsche Brille betrachtet und damit in ihrer Originalität und Modernität nicht erkannt.

Verga und der italienische Verismo sind letztlich Synonyme. Der Verismo wird traditionell als italienische Spielart des Naturalismus aufgefasst, Vergas französisches Pendant wäre folglich Émile Zola. Und damit beginnen die Schwierigkeiten. Mit seiner akribischen Beschreibung des (industrie)proletarischen Alltags, mit der minuziösen Darstellung von Arbeitsbedingungen wirkt der naturalistische Roman heute ein wenig altbacken und langweilig. Zola legt den Finger auf Wunden seiner Zeit, die teils bis heute schwären. Wo jedoch ein Charles Dickens mit seiner Sozialkritik ungebrochen aktuell bleibt, gerät Zola ins Hintertreffen. Statt psychologischer Subtilität und humorvoller Grundierung finden sich bei ihm oft plump ausformulierte Programmpunkte zur Verbesserung der Lage. Sie altern offenbar schneller als sensible individuelle Porträts. Vergas Erzählungen haben heute – im Gegensatz zu Messinas Texten – durchaus Patina angesetzt. Nach wie vor packend ist dagegen sein Roman *Die Malavoglia*. Das Proletariat spielt in ihnen jedoch keine Rolle, das gab es auf dem bäuerlichen Sizilien nicht.

Der Hinweis wäre pingelig, ginge damit nicht erzählerisch ein entscheidender Unterschied zum französischen Naturalismus einher. Wenn Verga bäuerliche, Messina kleinbürgerliche Milieus schildern und Missstände unbestechlich benennen, erheben sie beide keine Forderungen, die zu ihrer Abschaffung führen könnten. Diese »politische Abstinenz« unterscheidet sie auch von Zola, der in dieser Hinsicht eher mit Autorinnen wie Virginia Woolf oder Sibilla Aleramo zu vergleichen ist, die unumwunden aufzeigen, was sich wie an der Situation von Frauen ändern muss. So angemessen und nachvollziehbar diese Forderungen einerseits sind, stellen sie andererseits nicht immer einen Garant für literarische Qualität dar.

Was den französischen Naturalismus und den italienischen Verismo verbindet, ist der Verzicht auf den auktorialen Erzähler, der noch bei Alessandro Manzonis *Die Brautleute* prägend war. Das, was heute vertraut ist, muss der damaligen Leserschaft den Boden unter den Füßen weggezogen haben. Plötzlich fehlte die Anleitung, wie das Geschehen, wie das Erzählte zu deuten sei. Plötzlich gab es ungeschützte Lektüre, eine direkte Konfrontation von Werk und Leserin oder Leser. Zola federt diesen Bruch etwas ab, indem er seine Figuren recht holzschnittartig zeichnet und mit seiner offenen Kritik immerhin noch eine Art Leitplanke in seine Texte einbaut. Verga findet vor allem in *Die Malavoglia* zu einem Chor, in dem die Dorfgemeinschaft ihre Stimme erhebt. Messina geht den entscheidenden Schritt weiter: Sie erzählt ihre Geschichten aus der Sicht der Figuren, mit viel erlebter Rede und innerem Monolog. Die Schülerin lässt den Meister hinter sich. Ihre literarischen Kniffe rücken Messina vielmehr in greifbare Nähe zu Italo Svevo, der 1923 seinen *Zeno Cosini* veröffentlicht und damit endgültig die Hinwendung zu Ich-Erzähler und Bewusstseinsstrom vollzieht. Von ihm trennt sie letzten Endes weniger als vom französischen Naturalismus oder von Verga.

Ähnlich sieht das Sciascia, der bei seiner Wiederentdeckung Messinas auch auf die Einordnung von Borgese zu sprechen kommt. Er bringt nun den anderen großen Sizilianer ins Spiel, Luigi Pirandello, und wagt schließlich den Schritt zu namhaften außeritalienischen Bezugsgrößen. Messina ist für ihn eine »sizilianische Katherine Mansfield«, und er vergleicht beide Frauen in ihrer Sensibilität mit Anton Tschechow.

Tatsächlich schreiben hier zwei Frauen und ein Mann etwa zeitgleich handlungsarme, psychologisch ausgefeilte Kurzprosa. Bei allen scheint per Knopfdruck das Licht anzugehen und die Bühne vom ersten Moment an gut ausgeleuchtet zu sein, die Geschichte bereits im Gang, der Einstieg ins Geschehen mühelos. Messina ist vielleicht die Kammerspielartigste in diesem Trio. Oder auch die Klaustrophobischste, die Übergänge sind fließend.

Die sechs Kurzromane Messinas haben alle eine weibliche Hauptfigur, manchmal sind ihnen andere Frauen zur Seite gestellt, manchmal ein Mann. Auch das erklärt sich durch die Wahl des Milieus, das eben nicht bäuerlich ist: Einen Hof kann kaum jemand allein bewirtschaften, eine gesicherte Existenz kann sich eine Frau – wenn auch unter großer Mühe – durchaus allein aufbauen. Zum Beispiel als Lehrerin, eine Figur, die bei Messina wiederholt auftritt.

Häufig geht es um Verarmung und die Frage, wie aufgrund der wirtschaftlichen Not der Schein gewahrt werden kann. Noch häufiger geht es um Frauen, die Berufstätigkeit und Familie vereinbaren wollen. Durchgehend stellt Messina die Frage, welche Formen der Entfaltung oder des Ausbruchs einer Frau bleiben. Eine Möglichkeit eines solchen Ausbruchs ist die Lektüre, vor allem die Werke Iwan Turgenjews werden vielfach zitiert. Und so wie dieser Russe bei seinen Landschaftsbeschreibungen zu einem eigenen lyrischen Stil gefunden hat, gelingt es Messina, ein Interieur geradezu poetisch einzufangen und damit etwas über das Innere ihrer Figuren auszusagen.

Messina ist nach ihrer Wiederentdeckung durch Sciascia weitgehend unter feministischen Gesichtspunkten rezensiert worden. Das hat das Augenmerk auf die Frauendarstellung gelenkt. Vernachlässigt wurde darüber, dass Messina oft genug über das Rollenbild des Mannes nachdenkt und sich Beziehungen zwischen Mann und Frau vornimmt. Rund einhundert Jahre später lässt sich festhalten, dass vieles, was die Frauen damals umgetrieben hat, erschreckend zeitlos ist, selbst wenn sich wirtschaftliche und gesetzliche Bedingungen mittlerweile deutlich geändert haben. Doch noch bei der unterdrücktesten und beschädigsten Frau erkennt Messina Momente der Stärke – und sei es die Kraft, Verantwortung für das eigene Tun zu übernehmen. Antonietta aus *Das Haus in der Gasse* kann dies nur, indem sie sich nach dem Tod ihres Sohnes dem Wahn überlässt. Don Lucio geht zur Tagesordnung über. Messina ist eine der ersten Schriftstellerinnen, die solche Identitätskrisen einfängt: Antonietta, Nicolina nach ihrer Vergewaltigung …

Messinas Werk markiert insgesamt den Übergang vom Roman mit auktorialer Erzählperspektive hin zum psychologischen Roman. Sie vollzieht keinen derart radikalen Schritt wie Svevo, sondern sucht in ihrer Zeit nach ihren eigenen Wegen. Sie braucht nur wenige Szenen, um eine Gesellschaft zu porträtieren: Wenn nach dem Tod Alessios die Kondolenzbesuche im Haus in der Gasse abgestattet werden, gelten diese einzig und allein Don Lucio. Um Mutter und Tante schert sich niemand. Messinas Sache ist jedoch weder der sozialkritische Roman noch die dekadente Dichtung. Ihre Stärke liegt ganz in der sensiblen Gestaltung des Innenlebens ihrer Figuren. Auch hier darf noch einmal spekuliert werden: Svevos Pessimismus à la Schopenhauer ist ihm nie angekreidet worden, eher im Gegenteil. Und warum sollte man auch? Er ist ein grandioser Autor, sein *Zeno Cosini* zumal in der Übersetzung Barbara Kleiners ein literarischer Leckerbissen. Aber bei Messina? Da war nach ihrer Wiederentdeckung in den Achtzigern mehr als einmal zu hören: zu pessimistisch, kein Vorbild für Frauen, hält sie ab … Was jedoch aufstößt: Wenn selbst zur Zeit ihrer Wiederentdeckung guter und berechtigter Grund zum Unmut existierte – wo sollte dann Optimismus wurzeln?

Als der Vater eines Tages außer Haus ist, nutzt Alessio die Gelegenheit, um Mutter und Tante zu einem Spaziergang hinunter zum Meer zu überreden. Nicolina hält ihre Gefühle anschließend mit den Worten fest: »Heute Abend empfinde ich ein Behagen, einen Frieden, als hätte ich warm gebadet.« Messina selbst hat es ähnlich empfunden. Als Literaturkritikerin lobt sie die Kurzgeschichten Alessio Di Giovannis mit den Worten: »Eine warme und wohlklingende Welle der Poesie wogt durch die Erzählung, ganz wie das blaue Meer die unverrückbaren Klippen umspült.« Das Meer als Spiegel des Innenlebens der Figuren – damit rückt Messina in die Nähe des von ihr geschätzten Turgenjew, dessen lyrische Naturbeschreibungen oft genug etwas über seine Figuren aussagen. Beschreibt er die russische Steppe, spricht er auch über Sehnsüchte und den Wunsch nach innerem Frieden.

Als Motiv zieht sich das Meer bei Messina durch beinahe alle Texte. Ähnlich verhält es sich mit dem Fenster und dem Sternenhimmel, wobei die Verbindung dieser drei Elemente natürlich ist: Das Fenster stellt die Schnittstelle zwischen dem geschlossenen Raum, dem klaustrophobisch wirkenden Haus, und der Außenwelt dar. Es stellt aber keineswegs immer das Fenster in die Freiheit dar, denn oft genug stößt sich der Blick an der steinernen Hauswand in einer engen Gasse. Dieses Fenster ist durchaus nicht das Fenster der Romantik: Statt Öffnung ins Weite umgrenzt es vielfach nur die Enge. Es dürfte mithin kein Zufall sein, dass Messina ihre Migrationsgeschichten als Rückkehr gestaltet, als Wiedereintreffen im bekannten Raum. Die Figuren in diesen Häusern und Zimmern können träumen, sinnen oder irrsinnig werden, doch so wie ihnen das Haus oft genug buchstäblich verschlossen ist, können sie nicht aus sich, aus ihrem Innern heraus. Messina hält diese Situation mit kühlem Blick und viel Mitgefühl fest, fordert aber nicht, die Fenster aufzureißen, die Türen aufzuschließen, in der Emigration zu bleiben.

Versucht doch einmal eine Figur, das Meer ins Haus zu holen, geht das schief. Alessio empfindet das Zimmer seiner Tante als »Kabine eines Dampfschiffes«. Dieser feinsinnige Junge, mit dem »Ausdruck von Mitleid, der so sanft und mädchenhaft, so zart, so traurig war«, auf dem Gesicht, kann in dieser bedrückenden Welt nur untergehen, einen Ausbruch aus der Enge gibt es für ihn ebenso wenig wie für Mutter und Tante. Da sich in dem geschlossenen Raum alle Konflikte nach innen entladen, bleibt ihm nur der (Frei-)Tod, seiner Mutter nur der Wahnsinn. Gelingt einer Frau indes der Ausbruch, geht sie ins Wasser wie in der Geschichte *Das Haus meines Vaters*, die bereits auf Deutsch vorliegt.

Das ist in der Tat nicht sehr kämpferisch. Konnte Maria Messina damit zu ihrer Zeit die Erwartungen der Leserinnen jedoch erfüllen, gelang es ihr bei ihrer ersten Wiederentdeckung nicht, den Erwartungen des feministischen Publikums gerecht zu werden. Anscheinend genügte nicht mehr, was zu Lebzeiten der Autorin genug gewesen war, was die Leserinnen damals haben wollten: die Darstellung ihrer Lebenswelt, ohne dass diese ihnen zum Vorwurf gemacht wurde. Messina gelingt es, mit einer klaren, schnörkellosen Sprache die Situation von Frauen einzufangen. Wenn sie deren innere Prozesse mit geschickten Aussparungen schildert, entwickelt das einen Sog, der die Lektüre trotz der Monotonie des geschilderten Alltags spannend werden lässt.

Mit etwas Großzügigkeit lässt sich sagen, Virginia Woolf formuliert ihre Forderungen nach einem eigenen Raum für eine Frau und nach finanzieller Unabhängigkeit zu dem Zeitpunkt, als Messina ihre Prosa verfasst: *A Room of One's Own* entsteht 1928, genau wie Messinas letzter Roman *Jede Einsamkeit ist anders* (*L'amore negato*). Woolf gibt in ihrem Essay überzeugende, sehr einprägsame Beispiele, um die Situation von Frauen zu bebildern. Im Gegensatz zu Messina belässt sie es aber nicht dabei, sondern bringt berechtigte Vorschläge zur Überwindung der Misere vor. Diese sind oft klug und selten von der Hand zu weisen. Deshalb sollten die beiden Frauen nicht gegeneinander ausgespielt werden. Wer das tut, verkennt die unterschiedlichen Ansätze. Woolf sucht nach einer Therapie, Messina erstellt eine Anamnese. Und ihr Befund mündet meist in einem Sowohl-als-auch. Antonietta und Nicolina sind im Haus gefangen, doch dieses Haus war zumindest anfangs ein Sehnsuchtsort und ein Garant für ein sicheres, behütetes Dasein. Mittlerweile weiß Nicolina nicht mehr, wie sie dieses Gefängnis verlassen und zu ihrer Mutter zurückkehren kann oder soll, »alt und ohne je ein eigenes Leben gelebt zu haben?« Obendrein sind die Gefangenen oft genug tatsächlich auch Herrinnen im Haus: Sie verwalten die Schlüssel für Speisekammer und Wäschetruhen, sorgen damit für weitere abgeschlossene Räume.

In Italien war die emanzipatorische Bewegung zu Messinas Zeit vielleicht nicht so stark wie die der Suffragetten in anderen europäischen Ländern oder den USA. Dennoch gab es damals Frauen, die sich stärker gesellschaftlich engagiert, die Forderungen erhoben haben. Zu denken ist an die bereits genannten Marchesa Columbi und Sibilla Aleramo, sicher auch an Ada Negri, die sich sehr für Messina eingesetzt und deren dritten Erzählband mit einem Begleitbrief an die »kleine Schwester Maria« unterstützt hat.

Lässt man sich einmal auf die Spekulation ein, die zweite Frauenbewegung habe Messina ignoriert, weil diese nicht kämpferisch, nicht dezidiert genug gewesen sei, gelangt man zu einem erschütternden und traurigen Befund. Dann hat »der« Feminismus einer Frau genauso strikt vorgeben wollen, wie sie zu schreiben habe, wie das Patriarchat ihr diktieren wollte, wie sie zu leben habe. Dies der Frau selbst zu überlassen, fehlt es offenbar an Größe. Niemand dreht Arthur Conan Doyle einen Strick daraus, seinen Sherlock Holmes nicht antimonarchistisch genug gestaltet zu haben. Eine solche Denkungsart nimmt jeder Lektüre das Schönste: den Moment zu überraschen. Durch Ton und Sujet zu bezaubern, zu erschüttern, zu verfangen. Prosa wird damit zu einer To-Do-Liste herabgestuft, in der es – für den lebensweltlichen Alltag rundum berechtigte Forderungen – abzuhaken gilt.

Messina hat vor den Zwängen, denen eine Frau ausgesetzt ist, nie die Augen verschlossen, zeigte sich aber in dieser Hinsicht ungeheuer modern, hat sie doch die Möglichkeit in Betracht gezogen, dass Männer diesen Zwängen ebenfalls ausgesetzt sein können. In ihrem Roman

Alla deriva (*Abdrift*) lässt sie Simonetta um eine Beziehung auf Augenhöhe mit ihrem Mann Marcello kämpfen. Sie kommt aus gehobenen Verhältnissen, Tochter eines Professors, er stammt aus einer ärmeren, eher bäuerlich geprägten Familie. Wenn Simonetta mit ihm über einen Vortrag diskutieren will, schickt er sie nur weg, um möglichst viele Schulstunden zu geben und damit möglichst viel Geld zu verdienen, damit er Simonetta ihren bisherigen Lebensstandard garantieren kann. Am Ende verlässt die schwangere Simonetta ihn – nicht, weil sie im Haushalt sparen muss, sondern weil sie intellektuell verarmt. Kurz darauf stirbt sie im Kindbett …

Messina variiert die Rebellion und das Scheitern immer wieder. Doch bedeutet die Gestaltung des Scheiterns, dass sie jeden Versuch der Rebellion unterbinden will? Die wenigen Briefe, die von ihr erhalten geblieben sind, zeigen, wie sie bis zuletzt einen aussichtslosen Kampf gegen die Multiple Sklerose ausfocht. In ihnen offenbart sich ein höchst entschlossenes Naturell. Einmal mehr lässt sich nur spekulieren: Wer ihre Texte liest, kommt nicht nur in den Genuss einer unprätentiösen Sprache, sondern könnte darin auch die Hoffnung der Autorin entdecken, sich das Szenario zu erschreiben, das die Rebellion glücken lässt. Wenn diese Variationen nie langweilen, ist das nur der Beweis für Messinas hervorragendes psychologisches Gespür, für die sensible Gestaltung ihrer Figuren. Und Messinas Pessimismus? Ihre Skepsis? Sie kann nur einer verkrusteten Ideologie ein Dorn im Auge sein.

In *Das Haus in der Gasse* ist für Antonietta selbst die Angst vor Don Lucio anziehend, denn diese stellt immerhin eine Ablenkung in der Tristesse ihres Alltags dar. Dies ist eine der berührendsten, erschütterndsten, gelungensten Darstellungen davon, wie Frauen unter aufgezwungener Eintönigkeit leiden. An keiner Stelle in ihren Texten fordert Messina explizit, Frauen müssten zum Studium zugelassen werden, einen Beruf ausüben, das Recht auf Selbstständigkeit zuerkannt bekommen. Ihr genügt es, diese Regung Antoniettas einzufangen – und jede Leserin wird die entsprechende Forderung für sich selbst formulieren. Das unterscheidet sie von Virginia Woolf, die nach Besuchen in Frauen- und Männercolleges sehr eindrücklich in *A Room of One's Own* beschreibt, wie sich die finanziellen Unterschiede geschlechtsspezifisch auswirken: Das Mahl für die Studenten war opulent, die Studentinnen mussten sich mit frugaler Kost begnügen. Woolfs Kritik und ihre Forderungen sind daher mehr als berechtigt. Messina dagegen lässt ihre Leserschaft bei der Vorstellung erschaudern, ein Leben könnte so dunkel und beengt sein, dass Don Lucio darin zur Lichtgestalt gerät.

Es ist ein Leichtes nachzuvollziehen, wie Maria Messina in Vergessenheit geraten konnte. Der krankheitsbedingte Rückzug aus dem öffentlichen Leben, die Kriegswirren, der Verlust ihres Archivs ... Warum sie aber nach ihrer Wiederentdeckung durch Sciascia nicht ähnlich spektakulär Furore gemacht hat wie beispielsweise Sándor Márai, wird sich wohl nie ganz klären lassen. Vielleicht muss es das auch gar nicht, ein verbleibendes Rätsel hat auch seinen Charme.

Der erste Roman, den ich von Maria Messina gelesen habe, war *Das Haus in der Gasse*, wenige Jahre nach der Übersetzung ins Deutsche. Die Lektüre fiel in eine Zeit, in der ich erst Wälzer ab 500 Seiten als Literatur gelten ließ, querbeet alles verschlang, bevorzugt aber Autorinnen aussuchte, und das schlimmste Urteil zum Gelesenen lautete: Happy End. Ein Ende in zartem Schmelz ist bei Messina nie zu befürchten, eine Gewissheit, die gleich einem Glücksstern über meiner Lektüre leuchtete, denn so las ich meinen eigenen Ansprüchen und Vorlieben zum Trotz – und war sofort bezaubert. »Angesprochen«, hätte ich es wohl damals in Ablehnung alles Gefühligen ausgedrückt, während ich für Messinas Schreiben das Urteil »empathisch« parat gehabt hätte. Heute würde ich dafür den »gefühligen« Ausdruck warmherzig wählen, denn er trifft genau und fängt die Spannung besser ein, die zwischen dem präzisen, unbestechlichen Blick Messinas bei der Schilderung ihrer fiktiven Welten besteht und jenem Mitgefühl, jener warmherzigen Anteilnahme, in die sie ihre Figuren hüllt, sofern sie es verdienen. Dabei – und das faszinierte mich damals wie heute – wird sie nie rührselig, zuckrig oder sozialkitschig. Zwischen Inhalt und Form klafft bei Messina ein ebenso großer Raum wie zwischen einzelnen Szenen in ihren Geschichten. In diesen Kammerspielen gibt es die Handlung auf der Bühne und im Off, zwischen den Zeilen bleibt ausreichend Platz für ungeschriebene Seiten, die dann – wie stets – den eigentlichen Reiz ausmachen.

Wie heißt es im Italienischen? Non c'è due senza tre. Aller guten Dinge sind drei. Heute spült eine dritte Welle die Werke Messinas wieder heran. Und es bleibt nur zu hoffen, dass der Blick diesmal freier ist, unverstellter. Wer auch immer diese Geschichten gelesen hat, ist berührt. Nachhaltig. Das Geheimnis, warum Messina nicht klarer, verankert in ein größeres literarisches Gedächtnis eingegangen ist, wird sich vielleicht nie lüften lassen. Wieso weisen zahlreiche Literaturgeschichten den Namen Matilde Seraos auf, obwohl ihr eigentliches literarisches Werk im Grunde gähnend langweilig ist? Im journalistischen Bereich sieht die Sache etwas anders aus. Wieso ist zumindest Ada Negri noch vage namentlich bekannt? Sibilla Aleramo … Die weit zurückliegende Lektüre der Autorin hat nicht den geringsten Eindruck hinterlassen, der Neuversuch konnte auch nicht überzeugen. Lässt es sich wirklich so banal mit einer markanten Biographie erklären? Gegenwärtig rückt die detaillierte Biographie in den Vordergrund, die Autofiktion erlebt einen Boom. Es gab in der Vergangenheit aber auch Ansätze, Benachteiligungen zu umschiffen, indem beispielsweise Bewerbungen anonymisiert abzugeben waren. Messina ist eine Autorin, deren Vita letztlich eine leere Tafel darstellt. Der Personalbogen bleibt unbeschrieben. Sie spricht einzig durch ihre Texte.

Darin geht es stärker um Schuld und Sühne als um die Forderung nach einem Raum für sich allein. Vielleicht ist das etwas, das sich aus der Lektüre mitnehmen lässt: Immer hemmen Erwartungen, die an Literatur herangetragen werden, den eigentlichen Genuss. Es haben Frauen über Frauen, ihr Leid und ihre berechtigten Forderungen zu schreiben, Linkshänder über Linkshänder, Ornithologinnen über Ornithologinnen ... Messina schreibt über Frauen, aber nicht nur. Sie hält ihr Leid fest, bietet aber keine Thesen, wie die Situation zu verbessern sei. Diese Schlüsse zu ziehen, das überlässt sie ihren Leserinnen und Lesern. Eine solche Offerte sollte Anlass für höchstes Kompliment sein, wurde ihr bei der Wiederentdeckung jedoch vorgeworfen: zu zaghaft, zu leise, zu unscheinbar.

Eine letzte Spekulation. Giuseppe Antonio Borgese war nicht nur ein Starkritiker seiner Zeit, nein, er war auch der Schwiegersohn von Thomas Mann. Seine Flucht vor dem italienischen Faschismus hat ihn 1931 über den großen Teich gebracht, in die USA. Dort hat er die spätere Meeresforscherin Elisabeth Mann kennengelernt. Offenbar waren die Zeiten nicht danach, noch einmal über jene Autorin zu sprechen, die sich damals schon aus der Öffentlichkeit zurückgezogen hatte. Doch wer weiß, welche Wendung es genommen hätte, wenn die sprachkundige und literaturbegeisterte Familie Mann den Namen Messina schon damals gehört hätte ...

Heute gibt es nach über zwanzig Jahren erneut die Möglichkeit, Maria Messina wiederzuentdecken oder neu kennenzulernen. Ihre Texte sind Kleinode, die sorgsam (auf)gelesen werden müssen. Aus ihnen spricht eine Stimme voll eleganter Anteilnahme. Möge sie diesmal auf offene Ohren treffen.

Die Literatur zum Werk und Leben Maria Messinas ist nach wie vor karg. An dieser Stelle seien exemplarisch drei Titel genannt, die in zwei Fällen eine gute Bibliographie liefern und die mit Einzelheiten zum Leben auch in dieses Nachwort eingegangen sind. Die Italianistin Roswitha Schoell-Dombrowsky hat zudem dank akribischer Arbeit in Archiven weitere Erzählungen auffinden können, die in Italien bei Sellerio als siebter Band von Erzählungen erschienen sind (*Dopo l'inverno*); ihr ist auch der Hinweis zu verdanken, dass auf einige der Erzählungen Messinas nur noch indirekt durch Hinweise in Briefen geschlossen werden kann, die Texte aber wohl für immer verloren sind.

Manfred Hardt: *Geschichte der italienischen Literatur*, Artemis und Winkler (1996).

Roswitha Schoell-Dombrowsky: *Das Bild der Frau im Erzählwerk Maria Messinas*, Peter Lang (1998).

Cristina Pausini, *Le »briciole« della letteratura: le novelle e romanzi di Maria Messina*, CLUEB (2001).

Editorische Notiz

Für die vorliegende Ausgabe wurde die Übersetzung von Ute Lipka behutsam überarbeitet; das italienische Original ist 1921 bei Treves erschienen. Bei Anreden wurden die eingedeutschten Varianten (z. B. Nicolinchen) gegen die italienische Originalform (z. B. Nicoli', Nicolinedda) ausgetauscht, Analoges gilt für Realien. Zwei im Roman erwähnte Titel literarischer Werke konnten genauer recherchiert werden: Bei Iwan Turgenjews *Pane altrui* handelt es sich um das Theaterstück *Nachlebnik*, das im Deutschen als *Das Gnadenbrot* oder *Der Kostgänger* (un)bekannt ist; das bisherige *Unfug des Lebens* wurde durch Maxim Gorkis *Foma Gordejew* ersetzt, der italienische Titel lautet an dieser Stelle *La vita è una sciocchezza*, Gorkis Roman wurde 1903 unter ebendiesem Titel bei Treves veröffentlicht, dem Verlag, in dem auch Werke Maria Messinas erschienen sind.

Die Zeile »Io ti seguìa com'iride di pace …«, die Alessio singt, stammt aus dem Lied *Ideale*, dessen Text Carmelo Errio verfasst und zu dem Paoli Costi die Musik geschrieben hat.

Inhalt

Berlin, im Juni 2024

Liebe Leserinnen und Leser der *Friedenauer Presse*,

als der berühmte sizilianische Autor Leonardo Sciascia die aus Palermo stammende Maria Messina in der Nachkriegszeit wiederentdeckte, konnte er noch beklagen, dass sich in den Literaturgeschichten »keine Spur« von ihr fände. Das hat sich geändert – aber ins Deutsche übersetzt finden wir italienbegeisterten Leserinnen und Leser in den Buchhandlungen nichts.

Das soll sich ändern, und dank der Übersetzungskunst von Christiane Pöhlmann will die *Friedenauer Presse* ihre »Mission Messina« mit deren Romandebüt *Das Haus in der Gasse* von 1921 einläuten.

Unverwechselbarer ist diese literarische Sprache, deren poetische Kraft in den leisen Tönen liegt, mit denen Maria Messina die Empfindungswelt ihrer Frauenfiguren bis in die innersten Regungen erhellt und sie sprechen oder schweigen und beschweigen lässt. *Das Haus in der Gasse* ist ein psychologisch raffiniertes Kammerspiel, das mich in seinen Bann gezogen hat – Ihnen wird es nicht anders gehen. In diesem Sinne, Viva Italia, wünsche ich Ihnen heitere Sommertage.

Lesen Sie wohl!
Ihr

Christian Döring

Das Haus in der Gasse erscheint als Buch der Friedenauer Presse. Gegründet wurde die Friedenauer Presse 1963 in der Wolff's Bücherei im Berliner Stadtteil Friedenau, dem sie ihren Namen verdankt. Der Verleger Andreas Wolff, Enkel des Petersburger Verlegers M. O. Wolff, veröffentlichte bis 1971 in loser Folge 36 Drucke. Von 1983 bis 2017 wurde der Verlag von Katharina Wagenbach-Wolff geführt, seit 2020 ist die Friedenauer Presse ein Imprint des Verlags Matthes & Seitz Berlin.

FRIEDENAUER PRESSE
Winterbuch

Erste Auflage Berlin 2024

info@matthes-seitz-berlin.de

Die italienische Ausgabe erschien 1982 unter dem Titel *La casa nel vicolo.*

Aus dem Italienischen übersetzt von Ute Lipka,
durchgesehen und mit einem Nachwort bereichert
von Christiane Pöhlmann

Lektorat von Christian Döring

Gestaltet und gesetzt von ciconia ciconia, Berlin.
Die Herstellung besorgte Hermann Zanier, Berlin.
Gedruckt und gebunden von Pustet, Regensburg.

ISBN 978-3-7518-8017-6

www.friedenauer-presse.de